Histoires de meufs

© 2020, Ksenia Potrapeliouk
www.ksenia-potrapeliouk.com

Illustrations : Violette Morris, source gallica.bnf.fr

Édition : BoD – Books on Demand,
12/14 rond-point des Champs-Élysées, 75008 Paris
Impression : BoD - Books on Demand, Norderstedt,
Allemagne

ISBN : 9-782322-209262

Dépôt légal : juillet 2020

Troisième édition : septembre 2021

Remember when you were young
You shone like the sun
Shine on you crazy diamond

Pink Floyd

Playlist

- ♪ *Shine On You Crazy Diamond* – Pink Floyd
- ♪ *Wish You Were Here* – Pink Floyd
- ♪ *Nefast Omen* – Abysmal Torment
- ♪ *You're Lost Little Girl* – The Doors
- ♪ *Darling* – The Beatles
- ♪ *Don't Light My Fire* – Otoboke Beaver
- ♪ *Stress* – Justice
- ♪ *I Can't Stop Loving You* – Ray Charles
- ♪ *Take Five* – Dave Brubeck
- ♪ *Million Dollar Man* – Lana Del Rey
- ♪ *Ta Douleur* – Camille
- ♪ *The Message* – Grandmaster Flash
- ♪ *Things Done Changed* – The Notorious B.I.G.
- ♪ *Without Me* – Eminem
- ♪ *Nés sous la même étoile* – IAM
- ♪ *Demain c'est loin* – IAM
- ♪ *Cinquième Soleil* – Keny Arkana
- ♪ *Pass pass le oinj* – Suprême NTM
- ♪ *La Boulette* – Diam's
- ♪ *Invaders Must Die* – The Prodigy
- ♪ *Money* – Leikeli47
- ♪ *Gacked On Anger* – Amyl and The Sniffers
- ♪ *Black Vagina Finda* – Onyx
- ♪ *No Sleep Till Brooklyn* – Beastie Boys
- ♪ *Valley Of Tears* – Buddy Holly
- ♪ *Hard Knock Life (Ghetto Anthem)* – Jay-Z

Manon

Manon est dans le train.

Elle rentre à Limoges pour le week-end, chez ses parents. La semaine elle est à Toulouse, en classe prépa.

Montauban, Cahors, Souillac. La route est magnifique, le train s'engouffre en sifflant dans des tunnels, tangue sur les viaducs, penche dangereusement sur les lignes à flanc de coteau. Mais Manon se fiche du paysage, tout ce qui l'intéresse c'est de savoir si Steph sera à Limoges ce week-end, et s'ils vont baiser.

C'est le mois d'octobre, les feuilles commencent à jaunir mais les arbres ne sont pas pressés de se dénuder ; les matins rafraîchissent. Les cours ont commencé depuis à peine plus d'un mois, mais Manon rentre scrupuleusement à Limoges tous les week-ends, malgré la montagne de devoirs à faire. Tant pis, elle potasse ses cours dans le train en se retenant de vomir parce qu'elle a le mal des transports.

L'arrêt de Brive-la-Gaillarde dure au moins vingt minutes, tout le wagon commence à s'agiter. Manon essaie de rester concentrée sur son algèbre. C'est un TER miteux et essoufflé, il s'arrête à toutes les petites gares merdiques, Saint-Germain-les-Belles, Pierre-Buffière...

Manon n'a pas un regard pour le village pittoresque niché au creux de la vallée. Elle mâche un sandwich, elle somnole, elle fixe ses cours d'un air abruti. Les équations deviennent des glyphes incompréhensibles et les lignes du cahier s'entrecroisent, une vraie géométrie non euclidienne. Elle est crevée – couchée à deux heures, debout à sept ; puis, comme tous les samedis matin, elle a eu un devoir surveillé de quatre heures. Maths, physique, chimie, ça alterne d'une semaine sur l'autre ; ce matin c'était de la physique, ondes stationnaires. Elle finit toujours en avance et se précipite à la gare de Toulouse-Matabiau.

La semaine, Manon ne dort presque plus et passe ses journées dans une sorte de brume hallucinée. Elle va parfois sur le quai des Lombards et les reflets du soleil sur l'eau de la Garonne lui donnent le vertige ; mêlés à ses larmes, ils transforment le monde en une flaque de lumière tremblotante. En à peine un mois de cours, elle commence à avoir le teint grisâtre et des cernes violacés. Ça ne se remarque par trop, parce qu'en maths sup tout le monde est plus ou moins en burn-out, les gens se mettent une pression de malade et font régulièrement des crises de nerfs. Mais ce n'est pas à cause des *khôlles* que Manon fait des insomnies. Elle se fout éperdument des classements aux devoirs. Elle méprise un peu ses camarades de classe qui passent leur temps à comparer leurs résultats, à parler des concours et des séries de Fourier. Qu'est-ce qu'on en a à foutre, des séries de Fourier, non mais sérieusement, qui ça intéresse, alors qu'à Limoges il y a Steph, avec ses cheveux qui sentent le tabac et le vétiver, ses épaules musclées et la sensation exquise lorsqu'il glisse ses doigts dans sa culotte.

Et les profs ! Des pauvres types qui ne comprennent rien à la vie, qui débitent les mêmes cours à longueur d'année comme des ventriloques. Les mêmes tronches que leurs élèves, mais en version périmée ; des losers, des anciens premiers de la classe qui resteront puceaux jusqu'à la fin de leur vie minable.

Elle se marre en pensant à la gueule de son prof de physique, qui lui a pris la tête parce qu'elle avait l'air ailleurs pendant son cours : « Mademoiselle, nous sommes là pour travailler, j'exige que pendant mon cours toutes vos capacités mentales soient tendues vers ce solénoïde », avait-il dit en pointant une bobine de cuivre sur son bureau. Mais quel bouffon ! Qu'il aille se faire foutre, avec son solénoïde à la con. À côté de la bite de Steph, ça fait clairement pas le poids.

Elle peut y penser pendant des heures et des heures, à tous les trucs sales qu'elle fait avec Steph, à son expression féroce quand il la regarde de haut en bas pendant qu'elle est à genoux devant lui, quand il lui tire les cheveux tellement fort qu'il lui en arrache des touffes, ou qu'il la prend dans les chiottes dégueulasses du Duc Étienne. Elle le laisse lui faire des choses qu'elle n'aurait jamais acceptées de la part d'un autre homme et lorsqu'elle y pense elle ressent à chaque fois un plaisir mêlé de honte, mais une honte coquine, agréable.

Pourquoi elle s'était inscrite dans cette foutue prépa, déjà ? Il fallait faire ses vœux en avril, les résultats des admissions tombaient en juin. Elle avait été prise à Pierre de Fermat, son premier vœu – mais d'ici-là elle n'en avait plus rien à foutre. Petit imprévu : elle a rencontré Steph à la fête de la musique. Il jouait devant un bar avec son groupe ; il s'était mis torse nu derrière sa batterie, les muscles luisants de sueur – dès que Manon l'a vu, elle a complètement vrillé. Quand il a croisé son regard, elle a eu l'impression qu'un nid de serpents s'était mis à grouiller au fond de son ventre. Une sensation qui ne l'a pas quittée depuis. Et l'autre con qui lui parle de solénoïdes ! Mais va mourir !

Dernier virage avant Limoges. En arrivant du sud, on voit la ville comme si on la tenait dans le creux de la main. Bon Dieu, qu'est-ce qu'elle a hâte. Sa culotte est trempée.

Limoges Bénédictins. Manon traîne sa valise, prend le bus place Jourdan. Ses parents habitent dans le quartier du Roussillon. Petit pavillon tranquille, le boulanger, le bureau de poste, des petits vieux tout flétris, rien à signaler. Quand sa mère ouvre la porte avec un grand sourire qui lui fait des rides au coin des yeux, Manon a soudain envie de la gifler, elle a un mouvement de dégoût devant toute cette chair molle et bienveillante. Il flotte une odeur de cannelle : « Bonjour ma chérie, je t'ai fait une tarte au pommes, ta préférée ». Bordel, elle a envie de l'éclater, cette petite bonne femme grassouillette et un peu simple, des yeux rieurs noyés dans la graisse, avec sa vieille coloration de ménagère achetée sept euros chez Carrefour. Il faut économiser l'argent pour envoyer la fille étudier dans une grande ville, une prépa scientifique, l'honneur de la famille. Ses yeux brillent de fierté quand elle en parle à ses copines, des ménagères qui, comme elle, se teignent avec des couleurs achetées au supermarché et qui grattent tous les codes promo sur *radins.com*. Quand elle évoque sa fille devant elles, la mère de Manon se redresse, semble grandir et pendant un instant elle paraît moins grosse et ratatinée. Alors quand Manon fait valser sa valise et se met à vociférer : « Putain mais fous-moi la paix, je rentre à peine et t'essayes direct de me gaver avec tes pâtisseries à la con, tu veux que je devienne une grosse vache comme toi, c'est ça ?!! », le sourire de sa mère s'affaisse, les coins de sa bouche retombent et son gros menton se met à trembler comme de la gelée. Le stress des études, ils lui martyrisent sa fille. La pauvre, elle travaille tellement dur, elle ne sait plus ce qu'elle dit.

Manon traverse le couloir à grandes enjambées furieuses et claque la porte de sa chambre. Le choc. Elle n'avait jamais remarqué à quel point cet endroit était moche et ridicule. Papier peint rose pâle, abat-jour à froufrou, des posters de groupes de Kpop. La honte ! Jamais elle ne pourrait inviter Steph ici. Un gars comme lui, dans cette chambre de nunuche !

Elle avait eu une adolescence tranquille, pas de crise, pas d'histoires, une ligne droite. Il paraît que les jeunes normaux se mettent à avoir des problèmes, fuguent, prennent de la drogue et crachent sur leurs parents. Comment a-t-elle pu rester pendant tout ce temps dans cette chambre de petite fille attardée, à lire des shōjo en écoutant ces puceaux de Coréens ? Pourquoi n'a-t-elle jamais réussi à être *cool* ? C'est peut-être pour ça qu'elle a toujours été si bonne élève, peut-être qu'on devient brillant pour compenser des choses qu'on n'arrive pas à vivre dans la vraie vie ? Elle a un frisson d'horreur lorsqu'elle s'imagine soudain devenir comme un de ses profs bigleux, qui se branlent sûrement en pensant à des solénoïdes.

Manon se sent oppressée dans cet endroit où elle a l'impression d'être une étrangère. Elle arrache ses vêtements et se plante devant la glace. Ce bide répugnant ! Elle arrive à le prendre à pleines mains. Ces seins qui débordent et coulent comme des œufs au plat. Un monstre. Elle se pince le ventre très fort entre deux ongles, tellement fort qu'elle s'arrache presque un bout de peau. Si seulement on pouvait prendre un cutter et peler tout ce gras comme une vieille orange ! Elle trouvera un moyen. Hors de question qu'elle reste toute sa vie un tas de graisse comme sa mère. Elle n'en prendra pas une bouchée, de sa tarte aux pommes ; d'ailleurs c'est décidé, elle ne mangera rien du week-end, comme ça peut-être que son ventre sera un peu moins gonflé quand elle verra Steph.

Elle sent ses aisselles et trouve qu'elle pue la transpiration. Une truie qui pue la sueur ! Pas étonnant que Steph n'assume pas de s'afficher avec elle, elle a déjà du mal à croire qu'un gars *comme lui* daigne la baiser.

Manon pose son téléphone bien en vue sur son bureau. Elle attend.

Son Steph, elle ne le voit qu'au compte-goutte. Elle se console en se disant que c'est parce qu'il n'habite pas sur Limoges. Il ne vient que les week-ends lui aussi, la semaine il est à Saint-Junien, à vingt minutes en voiture, il bosse dans une usine de papier. Leur relation ressemble donc à peu près à ceci : il ne l'appelle jamais, sauf en fin de semaine, pour lui dire qu'il est posé au Duc – et alors elle accourt, comme une chienne en chaleur. La semaine, ils n'ont aucun contact. Pourtant Dieu sait qu'elle en rêve ; elle ne dort pas de la nuit par peur de rater un texto, dès qu'elle commence à s'assoupir elle sursaute car elle croit entendre son portable vibrer. Jamais elle n'oserait appeler la première.

Des fois, il fait une répèt' avec ses potes avant d'aller au bar, dans un local insalubre en Bords de Vienne. Il l'a déjà emmenée et elle s'est sentie incroyablement privilégiée, élue. Elle est restée assise comme une cruche sur la petite banquette, à écouter cette musique de sauvages dont les basses faisaient vibrer sa cage thoracique. Elle se sentait une limace à côté de ces corps agiles et musclés de jeunes hommes possédés par la musique. La tête lui tournait à cause de l'odeur de beuh à laquelle elle n'était pas habituée et après ça elle a eu des acouphènes pendant une bonne semaine. N'empêche qu'elle aurait donné n'importe quoi pour retourner dans ce local crasseux qui sentait le moisi, n'importe quoi pour voir Steph jouer de la batterie torse nu, ses muscles luisants de sueur. Pour sentir qu'elle était sa meuf.

Steph la prévient toujours au dernier moment. Mais elle anticipe, et au lieu de bosser ses cours elle passe tout son samedi après-midi à se préparer religieusement pour leur rencard.

D'abord, le récurage. Annihiler cette maudite odeur corporelle. Elle dissout dans l'eau chaude une bombe de bain « Groovy Kind Of Love » de Lush, trébuche en entrant dans la baignoire. *Je vais tout faire déborder, avec mon gros cul.* Elle inspecte le moindre recoin de son corps avec l'intransigeance d'un jury de concours de beauté. Elle frotte consciencieusement chaque repli de sa peau, horrifiée à l'idée que puisse s'y installer une mycose malodorante. Munie d'un rasoir, elle élimine le moindre poil de ses mollets, puis de ses cuisses, en maudissant leur consistance gélatineuse. Elle a l'impression d'avoir pris au moins dix kilos depuis la rentrée ! Son corps lui paraît plus mou et flasque que jamais. Ses cuisses ont *vraiment* l'aspect d'une peau d'orange, ses doigts ressemblent à des knacki, encore plus boursouflés avec l'eau du bain ; elle a beau se contorsionner dans tous les sens mais elle n'arrive pas à bien voir la zone du périnée, elle est obligée de se raser à l'aveuglette, s'entaillant les lèvres par endroits. Un filet de sang s'échappe dans la baignoire.

Son sexe est enfin aussi lisse que celui d'une petite fille. Elle se met un pschitt de parfum entre les jambes et se retient de pousser un hurlement, tellement la brûlure est intense sur les coupures fraîches. Elle se met de la crème hydratante, un voile parfumé pour le corps à l'odeur écœurante de patchouli. Elle se sèche longuement les cheveux, qu'elle trouve affreusement ternes, d'une couleur navrante de paillasson défraîchi. Si seulement elle savait se coiffer, se faire des brushings, se maquiller comme une *vraie* fille, se *mettre en valeur*.

De retour dans sa chambre, Manon se laisse tomber lourdement sur son petit lit d'adolescente, dont le sommier émet des grincements de protestation. Pourquoi y a-t-il cette affreuse figurine de fée sur sa table de chevet ? Cette housse de couette Disney, et ces stupides fleurs imprimées sur les rideaux en dentelle ?

L'algèbre attend sagement sur un coin du bureau. Le téléphone trône au milieu, désespérément silencieux.

Par dépit, Manon se met à regarder un tutoriel de maquillage sur Youtube. C'est affolant, la quantité de produits qu'il faut se mettre sur la tronche pour être belle. Pas étonnant que Steph ne se presse pas pour l'appeler, avec les valises qu'elle a sous les yeux. *C'est ça qu'ils devraient nous apprendre à l'école*, enrage Manon ; elle s'est faite arnaquer, les meufs qui font un CAP esthétique ne savent peut-être pas calculer des intégrales triples, mais au moins elles savent s'apprêter. Ah, les intégrales triples... Ça lui fait une belle jambe, en ce moment !

Manon décide de tenter le coup. Elle se faufile de nouveau dans la salle de bains et fouille dans les affaires de sa mère. De la merde, du maquillage de supermarché, mais ce sera toujours ça. Elle essaie de suivre le tuto. Le fond de teint n'a pas la bonne couleur – trop sombre ; mais une fois qu'elle l'a étalé, avec l'anti-cernes, la poudre, le blush, et un fard pailleté pour remplacer le *highlighter*, Manon trouve qu'il y a quand même du mieux. Elle a l'air de sortir d'une séance d'UV foirée, mais c'est tout de même moins pire qu'au naturel. Elle continue de suivre les gestes de la youtubeuse, qui a sûrement fait une école d'art pour réussir à se peindre les yeux aussi savamment. Il y a au moins dix fards différents sur ses paupières, appliqués avec un subtil dégradé. La palette de Manon manque de nuances, mais elle ne se laisse pas démonter, la prépa ça développe malgré tout une certaine ténacité. Elle suit le tuto jusqu'au bout : ça a le mérite de l'empêcher de devenir folle, parce que le portable ne sonne toujours pas.

Un dernier coup de recourbe-cils, une goutte de gloss par-dessus le rouge à lèvres – Manon est prête. La voilà qui attend, un pli anxieux au milieu du front – grosse fille balourde, fardée comme une pétasse, toutes les fibres de son corps tendues vers le téléphone posé devant elle.

Pendant ce temps, Steph est assis bien tranquillement à la terrasse du Duc Étienne et il en est déjà à sa troisième pinte de bière.

« Bah alors, elle est pas là ce soir, bouboule ? », lance Fred, le bassiste du groupe. Steph fait une grimace, il n'aime pas être associé aux moches. « Je ne vois pas de qui tu parles », dit-il en glissant ostensiblement la main sous la jupe de la fille assise à côté de lui, qui glousse de plaisir.

Steph est déterminé à ne plus donner signe de vie à Manon. Fini. Elle commence à l'ennuyer, cette fille un peu bizarre au physique ingrat. Ce n'est même pas qu'elle soit trop grosse, mais elle étale tellement ses complexes qu'elle semble dire : « Regardez, voilà mes défauts. Je suis hideuse, n'est-ce pas ? ». Comme si elle s'excusait d'exister. Forcément, on se dit : « Ah ouais, c'est vrai que ça craint. » Alors que si elle faisait moins la gueule, ça passerait crème. Il en a baisé des plus moches, mais au moins elles étaient fun et ne lui prenaient pas la tête. Celle-là, à force, elle lui file carrément le cafard, avec ses yeux de vache malade et sa grosse tête remplie d'on ne sait quoi. Pourtant, il y a un point sur lequel ses potes la sous-estiment : cette fille, niveau cul, c'est une bombe atomique, une vraie chienne. Il en fait ce qu'il veut. Elle en a jamais assez, la salope ; c'est lui qui va finir par avoir des complexes ! À force, il est à court d'imagination. Une fois qu'on a baisé une meuf par tous les trous, il ne reste plus grand-chose. Le BDSM, c'est pas son truc. Pourtant, quelque chose lui dit que ce serait bien son genre de délire, à la grosse Manon. On dirait qu'elle fait exprès de se mettre dans des situations humiliantes ! Déjà, pour accepter de se faire baiser dans les chiottes d'un bar aussi crade, il faut vraiment n'avoir aucun respect pour soi-même. Et puis physiquement, Steph a parfois l'impression qu'elle *veut* se faire battre. Une fois, il était tellement bourré qu'il lui a arraché une touffe de cheveux en tirant dessus pendant qu'elle le suçait ; il s'est enfoncé dans sa bouche et a appuyé sur sa tête jusqu'à ce qu'elle soit sur le point d'étouffer. Elle était un peu dans les vapes, alors il l'a giflée bien comme il faut, une vraie patate de bonhomme, histoire de la réveiller. Quand il s'est rendu compte de ce qu'il était en train de faire, il a un peu flippé – on ne sait jamais maintenant avec les gonzesses, un coup elles supplient pour qu'on les frappe, un coup elles menacent de se plaindre aux flics –, mais visiblement Manon était en kiffe total, il n'avait jamais vu une nana mouiller comme ça, elle avait joui sans même qu'il ait besoin de la toucher. Ça l'avait presque dégoûté. Trop chelou la meuf.

Enfin bon, un jour elle va bien trouver un mec qui acceptera de réaliser tous ses fantasmes tordus, se dit Steph en tirant sur sa clope. Le jour où elle aura les couilles d'assumer ce qu'elle veut vraiment. Mais une chose est sûre : ce ne sera pas avec lui. Il les connaît par cœur, ce genre de meufs – des folles du cul ; c'est marrant au début mais ensuite ça part complètement en couilles, elles veulent se faire attacher et finissent par demander qu'on les fouette et qu'on leur pisse dessus. Des tarées. Pas son truc.

Et puis avec Manon, il y a pire. Il aurait bien pu continuer à la baiser pendant encore quelques mois. C'était quand même tentant – le temps qu'elle se décide à assumer ses penchants de soumise. Et quand elle trouverait enfin le courage de lui demander des trucs plus hardcore, il lui balancerait tout ce qu'il pense des meufs comme elle : des connasses pseudo-féministes qui se la racontent avec leurs grandes études, qui jouent les opprimées mais qui, au pieu, adorent se faire insulter et traiter comme des chiennes. En attendant, ça ne lui coûtait rien de se servir d'elle encore un peu, c'était même bien pratique. Envie de se vider les couilles après un verre ou deux ? Un texto – et hop ! elle débarquait en frétillant pour lui offrir son cul.

Seulement voilà, depuis quelque temps il a flairé chez Manon un truc pas net. Des attitudes qui lui ont mis les voyants au rouge. Elle dégage de plus en plus une certaine angoisse, une fébrilité, une mélancolie – tous les symptômes du désespoir amoureux. *Oh merde, elle est love, la grosse vache.* Non, non, ça va trop loin – ce qui se passe dans les chiottes du Duc reste aux chiottes, pas question de la laisser s'incruster dans sa vraie vie. Et puis quoi encore ? Tirer un coup de temps en temps, c'est une chose, mais il n'a aucune intention de s'encombrer avec cette nana ; si ses potes s'en aperçoivent, il va être la risée du groupe.

Quand il a percuté, Steph a tellement balisé qu'il a failli lui envoyer immédiatement : « Ne m'appelle plus jamais, espèce de folle ». Puis il a réalisé qu'en fait, c'était toujours *lui* qui la contactait, pour des raisons de commodité sexuelle décrites précédemment . Alors il s'est dit que pour l'effacer de sa vie, il lui suffisait de cesser de l'appeler. Même s'il est complètement bourré, même s'il a grave envie. Mettre de la distance tout en douceur. Il était peu probable qu'une créature aussi insipide ose un jour lui demander des comptes frontalement. En plus, la jeter explicitement comportait le risque de provoquer une scène potentiellement pénible. Non, la *ghoster* c'était bien plus malin.

La nuit est déjà tombée. Manon se regarde dans le miroir et ce qu'elle voit lui déplaît au plus haut point. Une face joufflue et grossièrement peinturlurée, le fond de teint a fait des paquets dans ses ridules, elle a l'air d'une vieille femme bouffie. Qu'est-ce qui lui a pris de suivre ce tuto, de passer la journée à se récurer ? Ça lui paraît inouï, scandaleux, impensable et pourtant il semblerait que ce soit le cas : Steph ne l'appellera pas ce soir. Mais il se trouve que leur *relation* fait tellement partie de son univers mental qu'elle est tout bonnement incapable de l'admettre. Les suppositions se bousculent dans sa tête à une vitesse de plus en plus vertigineuse, jusqu'à ce qu'elle perde toute notion de la réalité, que les choses les plus folles semblent tout à coup acceptables ; les contours de sa personnalité se fissurent et elle se sent soudain capable de tout.

Elle saisit son portable et compose un message, qu'elle envoie aussitôt à Steph : « Salut toi, je suis sur Limoges ! En se retrouve au Duc, comme d'hab ? »

Elle se met à faire les cent pas, rester assise est insupportable, son cœur palpite si fort qu'il ne va pas tarder à jaillir de sa poitrine si cette tension se prolonge. Heureusement, une notification retentit après quelques secondes. Manon se jette sur son téléphone.

Une réponse de Steph : « Yo la miss, désolé, ce soir je descends pas. »

Il n'y a plus de Dieu. Manon se sent légère, si légère, c'est insupportable, elle va disparaître. Le cri qui jaillit de sa gorge est tellement inhumain que ses parents accourent aussitôt, sa mère se dandinant aussi vite que le lui permettent ses petites jambes boudinées, son père soufflant comme un bœuf, le visage congestionné à cause de son insuffisance cardiaque. Ils la regardent sangloter, complètement déconcertés. Sûrement une mauvaise note. Aux repas de famille, ils diront : « Manon prend ses études très au sérieux. » Elle a envie de les fracasser, ces vieux cons qui la regardent d'un air bovin. La prunelle de leurs yeux, leur fille chérie. S'ils savaient !

Manon repousse sa mère, qui s'affaisse contre une étagère en émettant un petit bruit pathétique et s'enfuit hors de la maison. Elle fonce comme une dératée, traverse le boulevard, prend la rue François Perrin, qui va jusqu'en centre-ville. Elle court, elle court, les larmes lui brouillent la vue et elle ne sent même plus son poids.

Steph est toujours posé en terrasse au Duc et commence à être passablement saoul, mais il est légèrement plus inquiet que tout à l'heure. Le message de Manon l'a désagréablement surpris, il ne pensait pas qu'elle aurait l'audace de le contacter aussi vite. Il espère que sa réponse, dont il est plutôt fier, l'aura tranquillisée au moins jusqu'au prochain week-end. Dans une semaine il ressortira la même tactique – le coup du « je ne descends pas » ; au bout d'un moment, elle finira bien par lâcher l'affaire.

En plus, la fille qui est à côté de lui est tout à fait baisable – ce soir il ne sera pas tenté de revenir sur sa résolution. Il est de plus en plus absorbé par le bavardage de sa voisine, dont il mate les seins sans rien écouter de ce qu'elle raconte. Quand elle rigole, ses nichons tremblotent comme de la gélatine et cette vision lui fait à peu près complètement oublier Manon – jusqu'à ce qu'il la voie débouler pile devant le bar. Elle a jailli d'une petite ruelle latérale, de sorte qu'il ne l'avait pas vue arriver.

Dès que Manon l'aperçoit, elle pile si subitement qu'elle se casse la gueule sur les pavés et se retrouve sur le cul, les yeux dans les yeux avec Steph.

Les conversations s'arrêtent un instant, quelqu'un s'approche pour l'aider à se relever, mais elle se remet debout toute seule et reste plantée là à fixer Steph, qui retire précipitamment sa main de sous la jupe de sa voisine et baisse les yeux sur son verre.

Manon les regarde avec une lueur légèrement démente dans les yeux, elle respire fort, essoufflée d'avoir couru pendant une demi-heure. Steph semble entièrement absorbé dans la contemplation de son verre, il étudie la coloration du liquide et la trajectoire des bulles avec pas moins de concentration qu'un physicien dans un accélérateur de particules.

« Hé, mais c'est Bouboule ! glapit Fred. Désolé, on n'a pas de saindoux. Mais j'en connais un qui pourrait te filer une bonne grosse saucisse ! »

En un instant, Manon est devant lui. « Pauvre con. Je te chie dessus, avec mon cul de grosse. » Fred ouvre convulsivement la bouche, comme un poisson hors de l'eau, mais plus aucun son n'en sort. Surpris que la grosse fadasse sache parler.

Manon se tourne vers Steph. Quatre-vingts kilos de dignité bafouée.

Elle l'empoigne par le col de son polo et le force à se mettre debout. Renverse la table d'un coup de pied. Tintement plaintif de verre brisé. La fille aux nichons gélatineux couine en tombant à la renverse.

Le haut-parleur en terrasse diffuse la chanson *Oh ! Darling* des Beatles.

Manon et Steph sont désormais front contre front. Il voit nettement son mascara qui a coulé, les traînées que les larmes ont laissées dans son fond de teint. *Et voilà, c'est toujours pareil avec les meufs. Que des emmerdes.* Au final, on passe plus de temps à les consoler qu'à les baiser. Il est fatigué d'avance par toutes les excuses qu'il va falloir sortir.

Le premier coup est un crochet du droit.

Manon a l'impression de voir son poing s'abattre au ralenti ; c'est très beau, comme au cinéma. Il atterrit exactement sur la mâchoire de Steph avec un craquement sinistre. Steph effectue un tour complet sur lui-même et termine un genou à terre, le visage pile au niveau de l'entrejambe de Manon. Elle en profite pour lui coller un coup de genou en pleine face.

> *Oh! Darling, please believe me*
> *I'll never do you no harm*
> *Believe me when I tell you*
> *I'll never do you no harm*

À partir de là, les coups se mettent à pleuvoir avec une régularité implacable. Manon est déchaînée, elle se sent soudain extraordinairement lucide et légère, si légère. Pour la première fois de toute sa vie, ses muscles déliés par la rage lui obéissent à la perfection ; de grosse chose molle et encombrante, son corps s'est transmuté en un métal souple et résistant. Elle voit tout avec une acuité surprenante. Ses coups sont rapides et précis, d'une efficacité redoutable.

Le haut-parleur diffuse *Stress* de Justice.

Steph a enfin l'idée de se protéger le visage, il lève les mains mais sa garde est foireuse, il est trop ivre et déjà bien sonné.

Manon crée l'ouverture avec un double jab, et lui envoie un direct du droit qui achève de lui déboîter la mâchoire. Elle l'enchaîne avec une série de jab-cross, l'attrape par les cheveux avec la main gauche – ses beaux cheveux qui sentent le tabac et le vétiver – et lui balance une volée de coups avec le poing droit. Le côté gauche de son visage devient une bouillie sanguinolente.

Dans le haut-parleur, un chœur féminin entame les premiers accords de *I Can't Stop Loving You*.

Steph s'affaisse lourdement sur Manon, ils sont au corps-à-corps. Elle n'arrive pas à se dégager de son étreinte et lui décoche un joli crochet au plexus solaire, suivi d'un uppercut du même bras qui remonte au visage, utilisant sans le savoir la célèbre technique de Mike Tyson. Au derniers sons de la voix éraillée de Ray Charles, Steph s'effondre comme un sac de ciment.

So I'll just live my life of dreams of yesterday

C'est comme si quelqu'un lui avait soudain retiré des boules Quies des oreilles. Elle ne s'était pas rendue compte du vacarme, des cris et de l'agitation qui entourent la scène. Les glapissements des nanas et les mines ébahies des mecs, qui sentaient bien qu'il aurait fallu faire quelque chose mais qui n'ont pas osé s'interposer.

Manon envisage un instant d'achever Steph avec un coup de pied dans les côtes, mais elle se dit que ce ne serait pas très glorieux. Elle pourrait le tuer, là, maintenant – mais ce serait une source d'ennuis considérables et inutiles. Ce type n'en vaut pas le coup.

L'adrénaline reflue par vagues, tout à coup elle se sent lourde, très lourde, son corps pèse de nouveau une tonne. Chacun de ses muscles, après s'être contracté au maximum de sa puissance, se relâche en laissant place à l'épuisement et à la douleur. Sa main droite lui fait un mal de chien, elle a les jointures écorchées qui saignent abondamment, probablement une entorse.

Un grand calme l'emplit. Et un subit élan de tendresse pour ce corps qui ne l'a pas trop mal servie.

Manon entend les sirènes de la police. Elle attend leur arrivée avec sérénité.

Source gallica.bnf.fr / Bibliothèque nationale de France

J'adore

Un jour, Jules a liké une photo de moi sur Facebook.

C'était un cliché tout simple, pris en automne dans un parc, je portais un manteau en laine rouge et un béret et je souriais légèrement en penchant la tête sur le côté. Je l'ai mis en photo de profil parce que je me trouvais jolie dessus, d'habitude je ne supporte pas de me voir en photo mais pour une fois je me plaisais ; et puis cela faisait longtemps que je n'avais pas changé d'image de profil. Je l'ai donc postée sans me poser trop de questions.

En une soirée, le cliché a eu une trentaine de likes. Dont celui de Jules. Mais lui, ce n'était pas un simple pouce bleu ; c'était un *cœur*.

Depuis quelque temps, on peut réagir aux publications Facebook non seulement avec un « J'aime », mais avec cinq autres emojis : un cœur (J'adore), un bonhomme qui pleure (Triste), qui rit (Haha !), qui est rouge de colère (Grrr) ou qui écarquille les yeux d'un air ébahi (Waouh !). Ce choix d'émotions est censé être plus représentatif des réactions que l'on peut avoir face à une publication, c'est donc a priori une évolution intéressante des fonctionnalités de Facebook. Du moins, c'est ce que je pensais jusqu'au jour fatidique où Jules a déposé un emoji en forme de cœur sur ma photo de profil.

« C'est qui ce type qui t'a mis un cœur ? demanda Romain, mon petit ami.

— Mais c'est Jules, on était à la fac ensemble. »

Je sortais avec Romain depuis quelques mois. J'étais amoureuse et notre relation aurait pu être parfaite, s'il n'y avait pas eu sa jalousie obsessionnelle.

Cela avait commencé petit à petit, insidieusement, par de petites remarques et des questions en apparence anodines. « Où tu vas ? Avec qui ? Qu'est-ce que tu as fait aujourd'hui ? » Des riens, des broutilles qui ne m'avaient pas alarmée tout de suite . Je me disais qu'après tout, lorsqu'on est en couple, on a légitimement le droit de s'intéresser à ce que fait l'autre quand on n'est pas avec lui, non ? J'étais même plutôt flattée d'être l'objet de tant d'attention. D'ailleurs, je lui posais moi-même ce genre de questions, je voulais connaître ses amis, ses centres d'intérêt... Ce n'était pas difficile, car des amis, il n'en avait pas ; et ses centres d'intérêts se résumaient à m'espionner.

Le problème dans ces questions était que Romain ne se contentait jamais des réponses que je pouvais lui faire. Lorsque, un jour où j'écrivais à ma meilleure amie, il m'a lancé sèchement – « À qui tu écris ? » – et que, une fois que je lui ai répondu, il a déclaré : « Je ne te crois pas. Montre-moi le message ! », je suis tombée des nues. Je n'ai même pas trouvé les mots pour protester, tellement la situation me semblait grotesque. À ce moment-là j'ai commis l'erreur qui allait ouvrir une brèche dans le mur et permettre à mon inquisiteur de glisser son pied dans la porte : pour prouver ma bonne foi, je lui ai montré mon téléphone.

Cette fois-là, il n'eut pas d'autre choix que de se rendre à l'évidence : j'étais simplement en train de discuter avec Marine. Mais une scène similaire n'avait pas tardé à se produire de nouveau et à se reproduire encore et encore, les événements les plus banals provoquant des crises tout à fait disproportionnées. Une sonnerie de mon portable, dix minutes de retard – le moindre détail éveillait chez lui des soupçons et donnait lieu à des questionnements obsessionnels. Si je tardais à répondre à ses textos ou si je ratais son appel, j'avais droit à un interrogatoire en règle. Pendant plusieurs mois je me prêtai de bonne grâce à cette surveillance, pensant naïvement qu'à force de me montrer irréprochable il allait finir par avoir confiance en moi.

J'en étais encore à croire que la situation pouvait être sauvée lorsque survint l'incident avec Jules. Cette fois, Romain ne comptait pas abandonner la partie aussi facilement. Le soir même, il s'en prit à moi : « C'est qui, ce type ? C'est un ex à toi ?

— Pas du tout.

— Mais tu as déjà couché avec lui, pas vrai ?

— Mais non, jamais !

— Je ne te crois pas. »

Dialogue de sourds. Je me préparai à subir une scène que je savais d'avance extrêmement pénible. Il attaqua :

« Comment tu l'as connu, ce type ?

— Je te l'ai dit, on était ensemble à la fac, il y a dix ans.

— Tu lui parles encore ? Vous discutez par messages ?

— Oui, on s'écrit de temps en temps.

— Et tu prétends qu'il n'y a jamais rien eu entre vous ?

— Je t'assure que non ! D'ailleurs il avait une copine à l'époque et moi aussi j'avais quelqu'un...

— Arrête de parler de tes ex, tu sais bien que ça me rend fou !

— Mais c'est toi qui as voulu qu'on parle de ça ! Laisse-moi juste t'expliquer le contexte : on était dans la même promo, on rigolait bien, mais on ne se posait même pas la question de savoir si on était attiré l'un par l'autre, car on était tous les deux en couple !

— Ça, c'est toi qui le dis, qu'il était en couple...

— C'est pourtant vrai, il avait une copine et ils vivaient même ensemble.

— Et maintenant, je parie qu'il est célibataire ?

— Je ne sais pas, oui, sûrement, il me semble...

— Tu devrais le savoir, puisque tu continues à discuter avec lui !

— On ne parle pas de ça, je te l'ai dit. On s'écrit à peine tous les six mois.

— De quoi vous parlez, alors ?

— De rien de spécial, on prend des nouvelles, joyeux anniversaire, bonne année, ce genre de choses.

— Mais alors, comment ça se fait qu'il ait mis un cœur sur ta photo ? Tu l'as à peine postée et il te met direct un cœur, tu peux m'expliquer ? Tu ne lui as pas dit que tu étais en couple ?

— Il doit forcément le savoir, puisque c'est affiché sur mon profil.

— Et le statut où tu as mis que tu étais en couple, je parie qu'il ne l'a pas liké, celui-là ! s'exclama Romain en scrutant rageusement l'écran de son portable.

— Je ne sais pas, je n'ai pas fait attention...

— Ah mais c'est moi qui te le dis ! Je viens de retrouver la publication et devine quoi ? Je te confirme qu'il ne l'a pas likée ! dit-il en brandissant son téléphone d'air triomphant. Alors que quand tu postes une photo aguicheuse de toi, comme par hasard, là il y a du monde ! Et ça ne se prive pas de mettre des cœurs !

— Tu exagères, ma photo n'est pas du tout aguicheuse, par rapport à ce que postent d'autres filles...

— Mais je m'en fiche, moi, des autres gonzesses ! Elles peuvent faire ce qu'elles veulent, du moment que je ne suis pas avec. Par contre, il est hors de question que ma femme *à moi* fasse comme toutes ces putes, d'ailleurs c'est quoi cette manie de s'exposer sur les réseaux, de montrer son cul ? Non mais qu'est-ce que vous croyez, que les mecs regardent ça et se disent : « Oh, elle doit avoir une belle personnalité celle-là, elle doit être drôlement intelligente » ? Non, un mec qui voit ça, il n'a qu'une envie, c'est de vous la mettre ! »

Je commençais à être extrêmement mal à l'aise.

« Arrête, tu sais très bien que ma photo n'est pas du tout provocante, elle est même absolument neutre.

— *Neutre ?!!* s'étrangla Romain. T'es bien naïve, ma pauvre ! Belle comme tu es – non, ne nie pas, je sais très bien que tu en es consciente, tu t'adores, sinon tu ne mettrais pas des photos comme ça –, qu'est-ce que je dis, *bonne* comme tu es, tu sais parfaitement qu'une photo de toi *ne peut pas* être neutre. Et si tu ne le sais pas, alors excuse-moi de te le dire, mais *t'es conne* ! »

Je devais réagir à l'insulte qu'il venait de me jeter à la face. Je *savais* qu'il fallait réagir, une voix me disait qu'une barrière venait d'être franchie, qu'il fallait colmater la brèche sur-le-champ, sans quoi d'autres mots hideux allaient s'infiltrer dans la déchirure – et qu'alors rien ne pourrait plus endiguer le torrent d'injures. Mais je regardai le visage de Romain, livide de colère, ses yeux exorbités, ses mains qui tremblaient et je jugeai que ce n'était pas le moment d'envenimer la situation. Je me contentai de dire :

« T'es carrément injuste.

— Et toi, bondit Romain, tu n'es pas injuste, peut-être ? Tu es un modèle de sainteté, c'est ça ? Tu parles à un mec derrière mon dos – non, parce que si je ne te l'avais pas demandé, si on n'avait pas eu cette discussion, je ne saurais toujours pas que tu as des conversations avec lui : comme quoi, j'ai eu raison de creuser. Donc tu lui tapes la discute, depuis des années d'après ce que je comprends, et en plus tu trouves ça normal qu'il mette un cœur sur ta photo ? Un mec qui envoie un cœur à une fille censée être en couple – je dis *censée* parce que franchement, tu ne te comportes pas comme quelqu'un qui est en couple –, y a rien qui te choque là-dedans ?

— Mais mon amour, *c'est juste un cœur* !

— Mais t'es conne ou tu le fais exprès ?!! Un cœur ça veut bien dire ce que ça veut dire, ça veut dire « je te kiffe », ça veut dire « tu me plais »... C'est pas anodin, un cœur !

— Mais non, tu te trompes, sur Facebook un cœur ça veut simplement dire « J'adore », ça n'a aucune connotation, c'est pour dire « J'aime beaucoup », quoi...

— Alors là, soit tu es *réellement* conne, soit tu fais très bien semblant, auquel cas c'est encore plus flippant. Excuse-moi, mais des fois on se demande comment tu as réussi à faire toutes ces études. Remarque, si ça se trouve, ça aussi c'est un mensonge, ton soi-disant doctorat et tout ça. Non, parce que n'importe quel débile sait qu'un type qui met un cœur sur la photo d'une fille, il a forcément une idée derrière la tête.

— Eh bien, figure-toi qu'avant que tu me le dises, je n'y avais jamais pensé et je suis sûre que Jules non plus. Je t'assure, ce n'est vraiment pas son genre, c'est un gars très classe.

— OK, super ! Alors non seulement tu lui parles en secret, mais en plus tu le trouves *classe* ! De mieux en mieux. Bah tu sais quoi, ton mec classe, là, je te parie qu'en ce moment-même il est en train de se taper une queue sur ta photo.

— Mais t'es horrible ! C'est vraiment dégueu de dire ça. »

Je pleurais presque de dégoût, de rage et d'impuissance.

« Et tu veux que je te dise ? poursuivit Romain, je suis même persuadé que tu lui donnes un coup de main, à l'occasion.

— T'es complètement fou. Il habite à Marseille, moi à Limoges ; ce serait un peu compliqué de se rejoindre pour une petite gâterie, à la pause café : allé hop ! ni vu ni connu.

— Ou alors vous faites des trucs par internet. Par messages, par webcams, j'en sais rien... En tout cas, je suis sûr qu'il y a quelque chose entre vous, d'une façon ou d'une autre. Je le *sens*. Sois honnête pour une fois et avoue-le ! »

Devant mon air outré, il changea de tactique : « Ma chérie, tu sais que je peux tout pardonner. Si tu as quelque chose à me dire, c'est le moment. Profites-en, je pardonnerai tout, mais je t'en supplie, avoue-le-moi !

— Il n'y a rien, répliquai-je, catégorique. »

Évidemment, Romain n'allait pas se contenter de ça. Au fond, il était déjà convaincu que je flirtais avec d'autres mecs, que je voyais d'autres mecs – que je le trompais d'une façon ou d'une autre. Il ne cherchait pas la vérité, mais des preuves qui iraient dans le sens de sa conviction. Il tenta une manœuvre imparable : « S'il n'y a rien, alors prouve-le. »

La preuve diabolique.

« Alors là, malheureusement tu vas être obligé de me croire sur parole. Je te le répète, on s'est connus à la fac, il y a dix ans, on ne s'est pas revus depuis et il n'y a jamais rien eu entre nous, pas même un flirt. Il n'y a rien d'autre à dire.

— Tu peux raconter tout ce que tu veux : je ne suis pas rassuré.

— Et comment je suis censée te rassurer ?!! explosai-je. C'est... *indémontrable* !

— Si, dit-il, il y a quelque chose que tu pourrais faire.

— Je ne vois vraiment pas, à moins de trouver un moyen de voyager dans le temps.

— Par exemple, tu pourrais me montrer vos conversations. »

C'était donc ça ! Voilà où il voulait en venir, voilà où aboutissait tout ce cirque, ces pourparlers qu'il faisait traîner pour m'épuiser. Il avait décidé de m'avoir à l'usure, je le voyais bien, tous les moyens étaient bons pour violer le moindre recoin de mon intimité, pour m'amener à lui ouvrir chaque tiroir de ma vie, à lui donner accès aux conversations avec mes amis, à mes courriers administratifs, à mes comptes bancaires et jusqu'à la dernière minute de mon emploi du temps qu'il aurait voulu décortiquer, peler comme un oignon pour atteindre je ne sais quel noyau qu'il imaginait être ma substantifique moelle, et l'ingurgiter avec le reste. Devenir le Maître absolu de mon temps et de mes pensées ; posséder même mon passé, qu'il aurait voulu annihiler car il lui échappait. Pour cela il fallait que je lui révèle *tout*, que je confesse des fautes, même imaginaires : tout, jusqu'à l'extermination totale de la pudeur. Cela commencerait par une innocente correspondance avec un ami de jeunesse et ne s'arrêterait jamais.

Je vis tout cela aussi nettement que sur l'écran d'une télévision et je me surpris moi-même en lui répondant : « Pas question, je ne te donnerai pas mon téléphone. Il n'y a rien, je te le jure, il n'y a jamais rien eu entre Jules et moi, ni avec aucun autre mec depuis que je suis avec toi. Mais il faut que tu me croies sur parole, mon cœur. Tu dois apprendre à me faire confiance.

— C'est bien ce que je pensais, déclara Romain. C'est exactement la réponse que ferait quelqu'un qui aurait des choses à cacher.

— C'est une discussion amicale, rien qu'une conversation entre potes, parfaitement anodine, aucun sous-entendu, jamais, rien ! Tu comprends, je *pourrais* te la montrer, mais crois-moi, tu serais déçu. Mon chéri, ça ne ferait qu'empirer la situation, j'aurais l'air de me justifier, mais se justifier c'est déjà admettre qu'on a commis une faute, alors que je n'ai rien fait, je n'ai rien à me reprocher, je n'ai pas à me justifier !

— Tu sais très bien que ça ne fonctionne pas comme ça. Moi, quand j'ai un soupçon, il me faut des preuves. Il me faut du tangible, du concret, il n'y a que ça qui peut marcher, sinon je vais continuer à y penser, je vais y penser et ça va me bouffer, ça va me rendre fou ! Rappelle-toi l'autre jour, quand tu m'avais montré les messages de ta copine, ça m'avait rassuré », dit-il d'un air malicieux.

C'était ma faute, bien sûr. J'avais causé ma propre perte le jour où j'avais accepté d'entrer dans son jeu. En lui montrant ma discussion avec Marine, j'avais créé un précédent. Je l'avais fait une fois, alors pourquoi ne pas le refaire ?

Après tout ça avait bien marché, ça avait apaisé le conflit ! J'avais mis le doigt dans l'engrenage.

Je réalisai avec horreur que j'étais en train de céder. Dans un chantage, quand on commence à négocier, c'est déjà fini. Pourtant, je voyais clairement qu'ici il ne s'agissait pas de rétablir la vérité : Romain se fichait de la réalité, son esprit tordu se débrouillerait toujours pour trouver un détail auquel s'accrocher, une poussière qui servirait de terreau à sa paranoïa. Peu lui importait si les scénarios qu'il s'inventait étaient plausibles, ou complètement farfelus. Toute démonstration rationnelle était inutile, il n'écoutait que son délire, tournant sans fin la manivelle infernale de son cinéma personnel.

Savait-il au fond de lui-même qu'il n'était pas dans la réalité ? En tout cas, la jouissance qu'il éprouvait à vivre et à revivre son scénario était trop forte. Quoi que je dise, il trouverait le moyen de l'interpréter d'une façon qui confirmerait sa théorie. En fait, l'issue de mon procès était déjà décidée et l'enquête menée par Romain ne retenait que les preuves qui allaient dans le sens de ma culpabilité, ignorant les arguments écrasants en faveur de mon innocence. Je menais une bataille perdue d'avance.

« Tu es sûr qu'il n'y a pas d'autre moyen ? suppliai-je.

— Aucun autre moyen, dit-il fermement. Écoute, c'est très simple. Est-ce que tu as quelque chose à cacher ? Est-ce qu'il y a eu dans vos conversation des sous-entendus, des trucs pas nets, des « tu me manques », des cœurs, ce genre de choses ?

— Jamais ! Mais ça reste amical et je ne veux pas que tu l'interprètes mal, tu comprends ?

— Bien sûr que je comprends ! Tu me prends vraiment pour un psychopathe ? Ma chérie, quand même, tu me connais, je ne suis pas une brute épaisse, je sais très bien ce que c'est que la politesse, je ne te demande pas de rembarrer tout le monde. Tu peux discuter avec qui tu veux, tu es totalement libre ! Tout ce que je demande – et je suis prêt à me mettre à genoux, s'il le faut, si tu veux que je rampe, je rampe ! –, tout ce que je demande, c'est de voir cette putain de conversation pour m'assurer que vous ne vous voyez pas en cachette, que tu ne lui envoies pas de photos de toi à poil, que vous ne baisez pas ! »

Ça avait l'air si facile. Lui donner le portable pour que ce cauchemar prenne fin.

Il avait gagné.

Je lui tendis mon téléphone en disant : « Tu es fou, mais je n'ai rien à me reprocher. Tiens, regarde. »

J'ouvris ma discussion avec Jules – le dernier message datait de plusieurs mois – et tournai mon écran de façon à ce que Romain puisse le voir. Il m'arracha le téléphone des mains et parcourut avidement la conversation.

Je n'avais pas menti : on s'était perdus de vue après la fac, puis retrouvés quelques années plus tard grâce à Facebook. On avait repris contact et discuté « du bon vieux temps », où on était étudiants et où la vie semblait offrir d'infinies possibilités. Il n'y avait effectivement jamais eu un soupçon de drague dans nos échanges. D'ailleurs ils s'étaient faits plus rares avec le temps, surtout la dernière année, où on ne s'était parlé qu'à deux reprises. Jules partait faire un road trip au Québec ; comme j'y avais fait mon post-doc, il m'avait demandé des recommandations concernant l'itinéraire, l'hébergement, les endroits à voir absolument... À son retour, il m'avait envoyé quelques photos. Notre correspondance s'arrêtait là.

Romain fit défiler la conversation pendant de longues minutes, s'attardant sur de nombreux passages. Il était évident qu'il cherchait le moindre détail, la plus petite piste pour pouvoir continuer son interrogatoire. Évidemment, il ne trouva rien à se mettre sous la dent et finit par me rendre mon téléphone à contre-cœur, avec une moue dégoûtée.

« Tu dois être fière de m'avoir fait passer pour un con, bougonna-t-il.

— Comment !... Mais je t'ai laissé voir ce que tu voulais, protestai-je.

— Parce que tu *savais* que je n'allais rien trouver. Pourquoi je n'y ai pas pensé plus tôt ? C'est évident : de toute façon, si tu avais des choses à cacher, tu aurais fait disparaître les traces. »

Je me suis mise à hurler : « Si c'est ce que tu penses, si c'est vraiment ce que tu penses, bordel, pourquoi est-ce que tu m'as harcelée pendant une heure pour voir ces textos ?!!

— T'as raison, je suis trop con ! Je n'aurais pas dû te prévenir, j'aurais dû chercher la vérité par moi-même... Et voilà, maintenant c'est pire ! Maintenant tu sais que j'ai des doutes et tu vas faire encore plus attention pour me cacher la vérité.

— Mais je t'ai donné mon portable, je t'ai montré ma conversation avec Jules, alors que je ne savais pas du tout que tu allais me le demander !

— Bah, tout ce que ça prouve, c'est que tu avais tout prévu. Tu as sûrement effacé les messages compromettants, ou si ça se trouve, vous communiquez via une autre application, j'en sais rien, une messagerie cryptée que tu supprimes à chaque fois et que tu télécharges de nouveau quand tu veux lui parler... En tout cas, maintenant je ne le saurai jamais », conclut-il amèrement.

J'ai été tellement choquée par cet incident, que je bloquai Jules aussitôt sur Facebook. J'avais peur qu'il m'écrive, que Romain voie la notification et recommence à me harceler. Perdre une connaissance somme toute lointaine me paraissait préférable à une nouvelle dispute avec mon copain, que je continuais à aimer. Et je n'avais pas abandonné l'espoir de lui démontrer mon innocence.

Mais conformément à ce que j'avais pressenti, les choses ne s'arrêtèrent pas là. Romain devint chaque jour plus soupçonneux, plus irascible et envahissant. Il exigeait de tout savoir, de contrôler chacun de mes gestes. En outre, il devint sombre et déprimé, il était en permanence d'une humeur exécrable, ne s'amusait plus de rien ; il avait adopté un ton cassant et des manières brutales, ce qui le rendait à peu près insupportable. Il trimballait toujours avec lui une atmosphère pesante qui m'empoisonnait comme un nuage toxique aussitôt que je me trouvais en sa présence. Et comme il ne me lâchait pas d'une semelle, je finis par me sentir vidée de mon énergie. Romain était un véritable siphon qui aspirait toute ma force vitale. Il était loin, le temps où il me couvait avec des yeux amoureux. Je n'avais plus droit qu'à des regards noirs chargés d'accusations. Il ne me touchait même plus, disant qu'il ne supportait plus le contact d'un corps qui, dans sa tête, lui échappait en permanence, qui le trompait avec « un autre », cet autre insaisissable qui n'avait d'existence que dans son cerveau malade. Finis, les bons moments passés ensemble. Son amour ne s'exprimait plus que sous la forme d'une jalousie paranoïaque, violente et insatiable.

Malgré tout cela, j'étais absolument incapable de le quitter. Je me sentais d'une certaine façon responsable de ses tourments, je pensais qu'il était dans cet état parce qu'il m'aimait trop : un amour tellement fou qu'il aurait voulu m'avaler toute entière, que je devienne transparente. Il aurait voulu que nos âmes fusionnent – et moi, en face, j'étais incapable de le rassurer. Et puis, il y avait le sentiment grisant de savoir qu'on est *tout* pour l'autre. Il avait réussi à me faire croire que personne ne m'aimerait jamais autant que lui.

Quelques mois plus tard, à la suite d'un accident de vélo après lequel je passai deux semaines à l'hôpital, je réalisai soudain que je *pouvais* vivre sans Romain. Je pleurai tellement que mes larmes finirent par libérer un espace dans lequel une nouvelle certitude put voir le jour : *ce n'était pas ma faute*.

Je trouvai alors la force de mettre fin à cette relation.

Romain, pleura, supplia, se traîna par terre, me jura qu'il allait changer ; puis me menaça, me prévint que je ne pourrais pas survivre sans lui, que je ne trouverais jamais quelqu'un qui m'aimerait aussi fort que lui.

Mais je tins bon. Je le bloquai sur tous les réseaux. Je changeai de numéro. Je déménageai. Quelque chose de nouveau pouvait enfin naître.

Quand je regardai autour de moi, je fus effarée : j'étais une épave. J'étais restée avec Romain pendant à peine un an, mais cela avait suffi à me transformer en loque. À la fin de cette relation, je n'avais plus aucun contact avec mes amis ; je ne voyais même plus Marine, ma meilleure amie ; je ne sortais plus, je ne me déplaçais que selon des itinéraires prédéfinis – mon appartement, le travail, le supermarché – en respectant un timing chronométré. J'étais angoissée, je vivais constamment dans la peur d'une nouvelle scène. Sans que je m'en sois aperçue, je m'étais recroquevillée, ma vie avait rétréci comme une peau de chagrin. Avec sa jalousie, Romain était en train de me tuer, comme une grenouille immergée dans de l'eau froide qu'on chauffe très lentement et qui finit par mourir sans s'en rendre compte, bouillie...

Mais *je* l'avais accepté ! me disais-je, consternée. Comment peut-on en arriver là ? Comment avais-je pu consentir à une usurpation de ma liberté qui m'aurait paru intolérable si je l'avais observée chez quelqu'un d'autre ?

Une des premières choses que je fis après avoir effacé Romain de ma vie, ce fut de débloquer tous les contacts que j'avais supprimé des réseaux sociaux. Il y en avait des centaines.

J'envoyai entre autres une invitation à Jules, avec un petit message : « Hello, je ne sais pas si tu t'en es aperçu, mais depuis quelque temps je ne t'avais plus sur Facebook. Rajoute-moi s'il-te-plaît, je t'expliquerai. »

Il répondit presque instantanément : « Pas de souci, j'ai bien vu que tu m'avais bloqué mais j'ai pensé que tu devais avoir tes raisons. Je m'étais quand même dit que c'est dommage, ça m'a toujours fait plaisir de discuter avec toi. Ça va, toi ?

— Oui, ça va bien, merci », écrivis-je aussitôt.

En apesanteur au-dessus du clavier, mes doigts hésitaient.

« En fait non, ça ne va pas vraiment, avouai-je. Je viens de rompre avec mon copain.

— Aïe ! Pas trop dur, j'espère ?

— Si, c'est dur, me lançai-je. Dans un sens, c'est un soulagement, parce que c'était devenu très compliqué entre nous. Mais tu sais ce que c'est, on s'attache et après, même si on voit bien que la relation n'est plus très saine, c'est quand même dur de se quitter. Il y a l'habitude. De la lâcheté, aussi.

— Je connais exactement cette situation. Il ne t'a pas fait de mal, au moins ?

— Non, pas exactement. Pas physiquement, en tout cas. Le problème, c'est qu'il était extrêmement jaloux. Il me suivait à la trace, tu vois le genre ? Il ne voulait plus que je parle à personne. En soi, ce n'est pas de la violence, mais à force...

— Au contraire, c'est très violent ! C'est pour ça que tu m'avais bloqué sans aucune explication, pas vrai ?

— Exactement. Et je te présente mes excuses. J'ai rompu le contact avec tous les gens qui comptaient pour moi et maintenant je me retrouve complètement seule. C'est bien fait.

— Alors là je te préviens, tu n'as pas intérêt à redire une connerie pareille. Ce n'est en aucun cas de ta faute !

— Bien sûr que si, je n'avais qu'à pas rentrer dans son jeu ! Bref, excuse-moi de te saouler avec mes problèmes, regarde comment je suis devenue, moi qui déteste les gens qui se plaignent. Crois-moi, je mérite tout ce qui m'est arrivé.

— Arrête. Tu n'y es pour rien. Ce type était un malade. Tu ne pouvais pas l'aider. En tout cas bravo, c'est très courageux d'avoir réussi à sortir de ce truc-là ! Crois-moi, je sais de quoi je parle. »

Pendant une bonne minute, trois petits points clignotèrent dans la boîte de dialogue, indiquant qu'il était en train de taper un message. Enfin, il s'afficha :

« Il faut que je te raconte un truc. Tu sais, avec mon ex, celle avec qui j'étais à l'université, il y avait aussi un problème de confiance. Sauf que c'était de son côté. Elle aussi voulait tout voir, tout contrôler, comme tu dis. Et je me souviens notamment qu'elle m'avait fait une scène par rapport à toi, parce que j'avais liké une de tes photos. J'avais beau lui dire que je t'avais connue à la fac, que je ne t'avais pas revue depuis très longtemps, que tu habitais sur Limoges... Tu sais, quand j'ai fait ce road trip au Québec ? Eh bien, elle avait fait des recherches sur toi et elle était persuadée que j'y allais pour te rejoindre, vu que tu y avais fait ton post-doc. Elle m'avait bien pris la tête. Et c'était comme ça pour plein d'autres choses. Au quotidien, ça rendait la relation très compliquée. Mais j'ai mis longtemps à réagir, beaucoup trop longtemps. Imagine que ta situation de ces derniers mois, je l'ai vécue pendant dix ans. »

Je ne savais pas quoi dire. Tout ce qui me venait était d'une banalité affligeante. Je finis par répondre : « Je suis vraiment désolée. Quand même, c'est drôle qu'elle ait pensé ça à propos du Québec, alors que je n'y suis plus depuis des années...

— Et ce n'est pas tout ! Elle croyait que toi et moi on se voyait en cachette...

— Mais c'est dingue ! Romain avait exactement le même délire !

— Écoute, du coup ça me donne une idée. Ça te dit de passer me voir à Marseille ? Profiter de la mer, te changer les idées ? Ce serait des sortes de retrouvailles entre anciens élèves ! Histoire d'oublier ces deux dingos.

— Sérieux ?

— Mais carrément ! À force de nous faire accuser, pourquoi est-ce qu'on ne se verrait pas pour de vrai ? Enfin, ce n'est qu'une proposition amicale, bien sûr », écrivit-il avec un smiley qui faisait un clin d'œil.

Mon cœur se mit à battre très fort. Faire un pas de côté, monter dans un train, sans en parler à personne, sans me justifier, sans trembler à l'idée de ce qui m'attendrait au retour. Effrayée par ma propre audace, je répondis : « Je viendrai avec plaisir ».

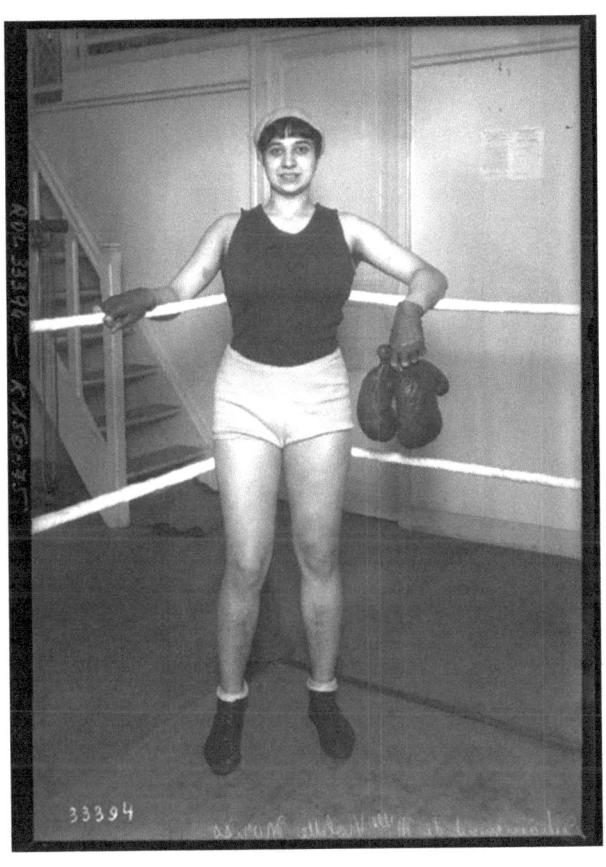

Un métier comme un autre

Florence se réchauffait les mains en serrant son gobelet de café Tim Hortons. Une douce chaleur se propageait agréablement à travers ses gants. Par −25 °C, le breuvage ne mettrait pas longtemps à refroidir et Florence profitait de sa chaleur en attendant l'autobus au métro Cartier.

Comme tous les matins de la semaine, elle venait de traverser l'île de Montréal par la ligne orange, jusqu'à la station Cartier à Laval. Là, elle prit un bus qui remontait le boulevard des Laurentides et descendit à un croisement anonyme. Elle parcourut quelques mètres sur le trottoir gelé jusqu'à un petit immeuble en brique, pelleta un peu de neige qui s'était accumulée devant l'entrée et descendit les marches jusqu'à un appartement en demi-sous-sol.

Kim était déjà là depuis une heure, postant les annonces et prenant les rendez-vous pour la journée. Dans ce business, il fallait se lever tôt. Florence insistait pour que sa réceptionniste soit là dès huit heures du matin. Contrairement à ce qu'on pouvait croire, le meilleur moment pour les affaires était entre 9h et 18h : les horaires de bureau réguliers. C'était logique, quand on y pensait : il était plus facile pour les hommes de trouver un créneau dans la journée, ils pouvaient toujours s'arranger pour quitter leur travail pendant une heure ou deux, ou lors de la pause déjeuner. Le soir c'était beaucoup plus compliqué, ils étaient avec leur femme, il fallait inventer un prétexte pour sortir, déjouer les soupçons, etc. C'était aussi plus dangereux : les filles qui travaillaient le soir et la nuit avaient plus de risques de tomber sur un détraqué, sur un mec bizarre ou alcoolisé. Ainsi, tous les jours à 18h, Florence raccrochait sa blouse et reprenait l'autobus en sens inverse, redescendant le boulevard jusqu'à la station Cartier. Elle gardait ainsi toutes les apparences d'une vie de bureau ordinaire.

« Hello, *babe*, tu es déjà bookée jusqu'à deux heures », annonça Kim fièrement.

Parfait. Cette fille était vraiment efficace. Elle ne se droguait pas trop, sa voix posée et caressante mettait les clients à l'aise et elle sentait tout de suite quand le type au bout du fil était louche ou pas fiable. Elle lui disait d'un ton suave :

« Béatrice n'a plus de disponibilités aujourd'hui, rappelez demain ! » et elle bloquait le numéro.

« Ne prends plus de rendez-vous après cinq heures, dit Florence, je quitte plus tôt ce soir. Je dois récupérer Christophe à l'hôpital.

— D'accord, ma chérie. Comment il va, ton chum[1] ?

— Pas fort », dit-elle évasivement.

Inutile de se répandre en explications : la règle tacite était d'en dire le moins possible sur sa vie privée. Kim se contenta d'acquiescer, très professionnelle.

Florence fit le tour de sa cabine, mit en marche un diffuseur de parfum et alluma une guirlande lumineuse pour créer une ambiance tamisée. Les petites fenêtres au ras du plafond étaient soigneusement occultées par des rideaux opaques, mais elles étaient de toute manière bloquées par des congères à l'extérieur : l'avantage d'avoir loué un appartement en demi-sous-sol. Florence avait choisi cette adresse selon plusieurs critères dont l'expérience lui avait appris l'importance : la discrétion était le critère numéro un.

Elle mit en marche le chauffage d'appoint pour que la température monte plus vite : hors de question que les clients aient froid. Elle désinfecta la table de massage, s'assura que les serviettes étaient bien pliées, qu'il ne manquait pas de kleenex ni de préservatifs dans la corbeille

---

[1] *Petit ami* en québécois

discrètement placée à portée de main, glissa un album de Lana Del Rey dans la fente du lecteur et partit se maquiller.

Elle s'installa devant sa coiffeuse.

Dans une petite pièce adjacente transformée en bureau se trouvait Kim : Florence l'entendait plaisanter au téléphone en riant d'un air niais. « Quelle actrice, cette fille, il faut absolument que je fasse en sorte qu'elle reste travailler pour moi » se dit-elle. Une réceptionniste fiable, c'était une perle rare. Florence avait longtemps travaillé seule, par défiance envers les autres femelles. Elle postait elle-même ses annonces et prenait les rendez-vous. Mais cela lui faisait perdre des clients – elle ratait des appels, car elle ne pouvait pas répondre au téléphone pendant qu'elle était en séance. Florence avait calculé qu'en payant quelqu'un pour faire ce travail d'hôtesse, elle pouvait faire trois ou quatre clients supplémentaires, ce qui lui rapportait six cents dollars de plus par jour. Elle s'était donc mise à travailler en tandem avec une fille, puis une autre... Elle en avait vu défiler des dizaines, mais aucune ne restait longtemps : quelques semaines tout au plus. Tout comme les « masseuses », d'ailleurs : c'est bien connu, dans la prostitution la plupart des filles sont juste des paumées qui ont besoin d'argent rapidement, quand elles n'y sont pas forcées par un mec ou un mac. Un monde flou, sans contrats officiels, sans droit du travail : les filles bougeaient tout le temps. Il n'était pas rare que certaines disparaissent du jour au lendemain.

Florence maquilla outrageusement ses yeux, frotta ses pommettes avec du blush, se peignit la bouche avec un rouge un peu vulgaire. Les hommes aimaient ça : beaucoup de maquillage, c'était l'idée qu'ils se faisaient d'une prostituée, c'était ce qu'ils s'attendaient à trouver et il fallait qu'ils en aient pour leur argent. Elle enfila un ensemble de lingerie Victoria Secret, mauve avec des paillettes et des lanières croisées dans le dos, et mit une blouse blanche par-dessus. C'était la tenue réglementaire pour aller ouvrir aux clients : si elle trouvait des policiers sur le pas de sa porte elle pourrait toujours prétendre qu'il s'agissait d'un salon de massage tout à fait ordinaire, *thérapeutique*. Mais de toute façon, elle n'était jamais inquiétée par la police. Les salons de massage érotique étaient un secret de polichinelle, officiellement prohibés mais en réalité parfaitement tolérés, à tel point que Montréal avait gagné le surnom de « Bangkok d'Amérique du nord » en matière de *commerce du sexe*.

Le premier client de la journée était Luc, un habitué. Florence prit les billets qu'il lui tendait et les compta pendant qu'il était sous la douche. L'argent d'abord ; ne jamais faire confiance, même à un régulier. Luc était comptable, la cinquantaine plutôt sportive. Il venait assidûment une fois par semaine, toujours le matin, comme il s'offrirait une séance de yoga avant le bureau. Il parlait peu et se prêtait de bonne grâce au rituel du massage qui précédait toujours l'acte sexuel : c'était inclus dans la prestation. Puis il se mettait sur le dos et restait docilement allongé en fixant le plafond d'un air concentré pendant que Florence – alias Béatrice – s'affairait au-dessus de lui.

« Est-ce qu'on fait un service complet, aujourd'hui ? demanda-t-elle.

— Juste une finition manuelle, ça ira. »

Florence répandit une bonne dose d'huile de massage sur le dos du comptable et augmenta le volume du CD pour couvrir le *flac-flac-flac* de la masturbation, qui allait bientôt résonner dans la pièce.

One for the money, two for the show
I love you honey, I'm ready, I'm ready to go[2]

Après trente minutes de full-body massage, il fallait entrer dans le vif du sujet. Elle avait fait ça des milliers de fois, elle connaissait les symptômes par cœur : le va-et-vient régulier, la respiration du client qui s'accélère, une contraction de tous les muscles et le liquide qui jaillit, signalant la fin de la transaction.

You got the world, but baby at what price ?
Something so strange, hard to define...

---

2 Lana Del Rey, *Million Dollar Man*

Après avoir raccompagné Luc, elle retourna devant sa coiffeuse pour apporter quelques retouches à son maquillage en attendant le client suivant, qui allait arriver d'une minute à l'autre. Elle fixa dans la glace ce visage peinturluré, qui n'était pas vraiment le sien. Trente-huit ans : elle avait encore l'air jeune, mais les signes de l'âge étaient là : le contour du visage qui devient de plus en plus vague, la peau foncée sous les yeux... Le pire c'était les paupières, elles étaient en train de s'effondrer et elle ne pouvait rien faire pour les retenir, elle était obligée de tirer dessus comme une sauvage pour faire son trait de eye-liner... C'était un désastre.

Florence se sentait fatiguée. Aujourd'hui, il lui en coûterait plus que d'habitude de sourire aux clients, un sourire charmant mais totalement faux. Cela aussi faisait partie de la prestation : il fallait avoir l'air heureuse d'être là, les clients n'aimaient pas que les prostituées paraissent tristes ou contraintes. Ça les aurait confrontés trop violemment au fait qu'ils profitaient de la misère humaine, qu'ils exploitaient la vulnérabilité d'une femme en lui infligeant un traitement dégradant.

Florence se demandait parfois s'ils y croyaient vraiment, s'ils pensaient *réellement* que ses soupirs et ses cris de plaisir étaient sincères. S'ils étaient assez cons pour s'imaginer qu'elle *aimait ça*. Bon nombre d'hommes qui visitent les prostituées essayent de se persuader que ces femmes ne sont pas à plaindre, qu'elles ont même trouvé une bonne combine ; qu'en quelque sorte elles *joignent l'utile à l'agréable*.

Florence rit amèrement en essuyant avec dégoût une trace d'éjaculat sur son bras. C'est dingue, ce que les hommes pouvaient se raconter comme mensonges – toutes les pirouettes intellectuelles dont ils étaient capables pour tranquilliser leur conscience. Leur délire préféré, c'était de demander combien de fois elle avait joui. C'était vraiment intolérable, cette obsession. Florence subissait cet interrogatoire depuis vingt ans, invariablement ; et pourtant, elle avait toujours autant envie de leur hurler à la gueule : « Zéro, imbécile ! J'ai pas joui une seule fois et ma mouille c'était du lubrifiant ! Connard !!! »

Après, bien sûr, il y avait les sadiques. Ceux qui n'avaient aucune illusion, qui savaient très bien pourquoi ils étaient là et ce qu'ils faisaient à ces femmes, l'impact que ça avait sur elles. C'était leur délire, justement. Sentir leur pouvoir, leur supériorité de *client* face à une *prestataire de service* qui devait les contenter et se taire. Qui devait faire semblant, même si au fond ça la faisait vriller. Ceux-là jouissaient de voir le dégoût, la peur et l'humiliation dans les yeux affolés de leurs proies. Généralement, Florence les repérait rapidement et parvenait à esquiver leur violence. Mais tout de même, il lui était déjà arrivé d'avoir peur pour sa vie. Un jour, un homme avait serré son cou sans prévenir et en voyant la panique dans ses yeux il était devenu carrément dingue :

au lieu de lâcher il avait serré encore plus fort et Florence devait sa vie à la sonnette qui avait retenti, annonçant le client suivant. Elle avait quitté la cabine en tremblant de tous ses membres, sans un regard pour le détraqué : à quoi bon faire un scandale et risquer de se faire tabasser ? Ce n'était pas comme si elle pouvait porter plainte.

Mais la plupart du temps, ce n'était pas aussi spectaculaire. Les mecs voulaient juste se faire un peu branler et chevaucher. Ça ne laissait pas de bleus, pas de traces visibles : simplement une lente érosion de son intimité et un cynisme débilitant.

Il fallait des tactiques de survie psychologique. Lorsque Florence baisait avec un client, elle se dissociait de son corps : n'importe qui pouvait bien en profiter, vu qu'elle n'était pas dedans. Ces hommes ne sauraient jamais ce qu'elle ressentait, ni ce qu'elle pensait réellement d'eux. Mais ils ne voulaient pas le savoir, ils ne payaient pas deux cents dollars de l'heure pour qu'on leur fasse faire un examen de conscience.

L'autre tactique de survie, c'était de se convaincre que c'était *un métier comme un autre*.

D'abord, le vocabulaire.

Les hommes qui défilaient entre ses cuisses n'étaient pas des violeurs : c'étaient des *clients*.

Ils ne violaient pas : ils *achetaient un service*.

Elle ne branlait pas : elle faisait une *finition manuelle*.

Elle ne se laissait pas violer : elle *offrait un service complet*.

Elle n'était pas une pute : elle était *travailleuse du sexe*. Elle avait des horaires, un tarif, un catalogue de prestations. Un job comme un autre.

Toute cette novlangue était construite pour aseptiser la réalité crue, trop violente pour être appréhendée sans filtre : la prostitution est une chose sordide, dégradante, même lorsqu'elle se pratique sur une table de massage désinfectée, sous une guirlande lumineuse et avec un parfum d'ambiance. Florence sait que pour les hommes qui la payent, elle est au mieux un fantasme, au pire un réceptacle de haine et de mépris – mais en aucun cas un être humain.

Il y a des raisonnements qui ont une apparence logique, auxquels on pouvait se raccrocher pour tenir encore un peu – encore un client, encore un jour, encore un an. Se dire avec désinvolture : « Moi, au moins, je ne suis pas dans la rue. » « Moi, au moins, je ne fume pas de crack. » « Moi, je suis propre. »

Et les jours où c'était vraiment trop difficile, ou quand un *client* la dégoûtait vraiment trop : se dire que tous les métiers ont leurs inconvénients. « Pense aux éboueurs. Pense aux égoutiers. Pense aux gens qui récurent des chiottes. Pense aux aides-soignants qui nettoient la merde des malades. Il faut bien que quelqu'un fasse le sale boulot. »

C'est tout de même différent, disait une petite voix dans sa tête. Pourquoi était-ce différent ?

Il y avait une autre voix, qui voulait hurler : « Parce que cela concerne la partie la plus intime de ton corps ! Parce que tu n'es qu'un objet ! Parce que quand tu fais quelque chose d'intime avec des gens que tu n'aimes pas, simplement pour de l'argent, il y a des images qui s'incrustent dans ta mémoire et qui te rappelleront à jamais ce que tu as subi pour obtenir ce fric.

Et surtout, *surtout*, parce que *la prostitution n'est pas indispensable à la société*. Car contrairement à l'égoutier, à l'aide-soignant et à l'éboueur, dont le métier est pénible mais qui sont essentiels au fonctionnement de la collectivité, la prostitution n'a aucune valeur ajoutée morale, technologique ou éducative. Ce système ne rend personne meilleur. Au contraire : il disloque, meurtrit et déshumanise ; il repose sur les plus bas instincts et exalte les pires pulsions de la nature humaine. Le mécanisme de la prostitution, c'est de flatter les penchants les plus abjects des hommes pour exploiter la misère économique d'autres êtres humains – majoritairement des femmes.

Et ceux qui prétendent que c'est un mal nécessaire pour remédier à une supposée « misère sexuelle » oublient que le sexe n'est pas un droit, ni un devoir. Qu'un acte intime devrait découler de sentiments et ne devrait jamais faire l'objet d'une transaction. »

Voilà ce que cette voix voulait hurler, mais Florence l'avait depuis longtemps reléguée dans un endroit lointain et insonorisé de son esprit. C'était une question de survie.

On ne pouvait pas durer dans ce métier si on se posait trop de questions. Comme dans la plupart des métiers, d'ailleurs : si on poussait trop loin l'analyse des causes, des conséquences et des rapports de pouvoir, c'était fichu. Il n'y avait plus qu'à abolir le capitalisme.

Car en fin de compte, on aboutissait toujours à un même constat : l'inégale distribution de richesses, la recherche du profit, divisaient les humains en deux classes perpétuellement en lutte : les exploiteurs et les exploités.

Dans tous les domaines, la quête effrénée du profit venait planter les germes de sa pourriture. On commençait par vouloir faire un métier honnête et on finissait criminel. Un publicitaire qui créait des besoins superflus, un trader qui provoquait une famine en spéculant sur le cours des céréales, un ingénieur qui construisait une usine polluante étaient eux aussi placés devant leurs propres contradictions. Les commerciaux ; les lobbyistes ; les politiciens corrompus ; les multinationales agroalimentaires. Même Luc le comptable, son habitué inoffensif, était expert en montages fiscaux pour aider les multinationales à échapper aux impôts ! Non, quoi qu'on fasse, tant qu'on demeurait dans une logique capitaliste on ne pouvait pas rester honnête.

Christophe, son chum, lui avait un jour raconté comment son bureau d'études avait subi des pressions pour falsifier les conclusions d'un rapport. Il s'agissait de minimiser l'impact environnemental d'un projet de construction d'oléoduc. Son entreprise s'était battue pour remporter l'appel d'offre prestigieux. Le chantier était gigantesque et la boîte ne pouvait pas se permettre de renoncer à cette étude, qui représentait la quasi-totalité de leur chiffre d'affaires. Face à la pression des commanditaires, Christophe avait fini par capituler : c'était ça ou la faillite.

Combien de personnes allaient être impactées par ce projet, qui aurait le feu vert grâce aux conclusions trafiquées de son étude ? Combien de cours d'eau en danger, de zones humides dévastées ? Christophe n'en avait pas dormi pendant des mois, persuadé – à juste titre – d'être responsable d'une catastrophe écologique à venir. Et ses bailleurs, ces bourgeois arrogants aux mains souillées de pétrole, iraient ensuite voir les escort-girls et les strip-teaseuses, sûrs de leur bon droit et fiers de l'argent qu'ils auraient *honnêtement* gagné, toisant ces pauvres filles d'un air concupiscent, dédaigneux et paternaliste.

Christophe. Ils vivaient ensemble depuis dix ans, dans un petit pavillon à Longueuil. Florence dissimulait soigneusement ses activités au fisc, ainsi qu'à son compagnon. Cela dit, elle n'était pas tout à fait dans l'illégalité : tout au long de l'année, elle remplissait des carnets de reçus de massothérapie – pour des sommes bien inférieures à ce qu'elle gagnait réellement – et déclarait ses revenus sur la base de ces quittances.

Depuis des années, elle disait à Christophe qu'elle avait un poste de secrétaire dans une concession automobile. Il ignorait tout de son *activité*. Une vieille amie de Florence qui travaillait dans un garage – la seule personne qui fût dans sa confidence –, avait accepté de lui fournir un alibi au cas où son compagnon irait fouiller dans ses affaires.

C'était tout de même inouï, songea Florence : en dix ans de vie commune, Christophe ne s'était jamais douté de ce qu'elle faisait véritablement. Non pas qu'il fût niais ou excessivement crédule. Il n'avait simplement jamais manifesté d'intérêt particulier pour sa vie professionnelle. De son côté, elle évitait ce sujet autant que possible. Christophe n'avait aucune raison de nourrir des soupçons à son égard : elle était toujours ponctuelle, rentrait scrupuleusement tous les soirs, avait une routine inchangée depuis des années. Et surtout : elle ne correspondait absolument pas à l'idée qu'on se faisait d'une prostituée – cette sorte de cliché vulgaire et tapageur. À la voir tous les soirs en pantoufles devant *La Voix*, jamais quiconque n'aurait imaginé que cette femme banale, timide et un peu fade, avait depuis vingt ans des rapports sexuels à la chaîne, activité qui lui avait rapporté plus de trois millions de dollars.

Comment en était-elle arrivée là ?

À peine majeure, elle avait débarqué à Montréal depuis la Gaspésie, jeune fille qui n'avait même pas son secondaire 5[3], terrifiée et fascinée par la grande ville qui lui faisait miroiter d'infinies promesses. Mais il y avait l'argent, cette barrière invisible qui se mettait en travers de chacun de ses pas. Argent trop cher. Que faire ?

Elle avait commencé à faire des massages érotiques dans des salons du centre-ville : topless, nue, corps-à-corps. Mais à la fin des années 1990 il était devenu difficile de rester dans la course sans faire *la totale*, sans coucher. Les filles étaient prêtes à faire n'importe quoi pour une poignée de billets : il fallait s'aligner pour rester dans la course. Sur le coup, franchir le pas s'avéra moins terrible qu'elle ne l'aurait cru. Un morceau de chair qui frotte un autre morceau de chair, ce n'était pas si grave, non ?

Elle s'était examinée dans la glace juste après avoir « fait » son premier client : son corps était toujours là, en apparence rien n'avait changé. Elle s'était consolée en s'achetant du mascara Coco Chanel et se dit qu'après tout, pour cent dollars à l'époque, elle pouvait bien faire avec un homme propre et respectable ce qu'elle avait déjà fait gratuitement avec des mecs douteux et pas toujours clean. Des mecs qui l'avaient ensuite ignorée, ou qui lui avaient carrément causé des ennuis. Un petit ami l'avait déjà insultée. Un

---

3   Équivalent du BAC en France

autre l'avait même giflée. Alors, avec des gars qui payaient, pourquoi pas... Et puis, cent dollars, c'était quand même une somme.

En revanche, jamais elle n'aurait imaginé faire ça aussi longtemps. Évidemment, elle songeait souvent à faire autre chose, à reprendre des études, à se *reconvertir*... Mais on ne quittait pas ce monde aussi facilement. Quand on avait goûté à l'argent facile – ou en tout cas rapide –, difficile de se retrouver du jour au lendemain dans une cuisine malodorante ou derrière une caisse enregistreuse pour un salaire minimum. À une époque, elle s'était même payé des cours de remise à niveau pour passer enfin ce fichu diplôme d'études secondaires. Mais chaque fois qu'elle envisageait de faire *un vrai métier*, les débouchés apparaissaient trop lointains et incertains. Dès qu'elle commençait à voir fondre ses économies, Florence replongeait de nouveau, aspirée par ce monde interlope où, en une journée, elle pouvait se faire jusqu'à mille dollars. Se prostituer : elle avait plongé par nécessité, mais elle restait par addiction à l'argent.

L'argent. Le fric, l'oseille, le pognon. Florence entretenait avec lui un rapport quasi fétichiste. De simple moyen pour vivre décemment, c'était devenu une fin en soi ; son but ultime. Mille dollars par jour, c'est beaucoup : ça fait vite des liasses de billets. Elle devint accro à ces bouts de papier, qu'elle pouvait compter et recompter, tenir fermement entre ses mains. Elle aimait sentir leur poids au fond de son sac. Elle était dévorée par le besoin de s'en procurer toujours plus.

Niveau gestion, il y avait des subtilités. Florence possédait un compte en banque sur lequel elle déposait régulièrement du liquide, mais à partir d'une certaine somme il fallait en justifier la provenance, sinon on finissait par avoir des ennuis avec le fisc. Elle avait calculé qu'avec son système de quittances pour « massages thérapeutiques », elle pouvait blanchir environ un dixième de ce qu'elle gagnait. Elle ne déclarait donc que trente mille dollars de revenus par an. Le reste – plus de deux millions de dollars en liquide – était disséminé dans plusieurs coffres-forts, qu'elle visitait régulièrement pour y déposer de nouvelles sommes. Elle éprouvait du plaisir à contempler cet océan de liquide : regarder les billets, les sentir, y plonger ses mains ; le bruissement du papier quand elle les comptait et les recomptait. C'était du concret, du tangible, bien plus solide que des chiffres abstraits sur un relevé de compte. Elle avait une peur viscérale de la pauvreté, peur de manquer ; elle se sentait toujours à moitié illégale, funambule, une citoyenne de seconde zone. Grâce à l'argent, dont la présence physique la rassurait, son existence avait un peu plus de réalité, d'épaisseur. Alors elle continuait d'entasser des petites fortunes dans des coffres-forts, comme des relais de montagne où elle pourrait se réfugier en cas de mauvais temps.

Quelle ironie : elle ne pouvait même pas dépenser son magot sans attirer les soupçons. Ainsi, en dépit de tous ses millions, Florence menait une vie modeste et continuait de déclarer seulement trente mille dollars de revenus annuels. Elle n'attirait pas l'attention, ne provoquait pas de jalousies et ne complexait pas son compagnon.

Ah, ne pas complexer les hommes ! La grande préoccupation de sa vie, et de la vie de tant de femmes. Ne jamais se montrer supérieure, ne pas gagner plus d'argent, faire semblant d'être moins intelligente, toujours admirative, parler d'une voix aiguë, ne pas se mettre en avant... Elle rigolait amèrement quand elle entendait ces histoires de féminisme libéral, d'égalité salariale et de partage des tâches. Elle était convaincue d'une chose : qu'ils soient progressistes ou conservateurs, les hommes détestaient qu'on leur vole la vedette. Ils votaient « Québec solidaire » mais pensaient Neandertal ; ce qu'ils voulaient c'était une femme qui les mette en valeur, pas qui les éclipse.

C'était drôle et pathétique d'entendre certaines de ses copines parler de leurs mecs, qu'elles décrivaient comme étant soumis et dociles, cultivés et *féministes*. Elle en avait vu, des mecs « fidèles » et progressistes qui passaient leur temps à essayer toutes les escort-girls de la ville. Elle se retenait de dire à ses copines qu'à la première occasion, leurs mecs se précipitaient probablement dans un club de strip-tease, ou dans un discret salon de massage où ils recevaient non seulement un service sexuel, mais aussi un autre type de prestation, qui valait bien deux cents dollars : le sentiment d'être un mâle dominant, d'être grand et fort, d'être craint et « respecté ». Un *homme*. Pendant une heure, ils auraient l'impression de récupérer les couilles dont on les castrait à la maison.

Rien n'allait, dans tout ça, se dit-elle soudain. Si les hommes avaient besoin de s'approprier le corps d'une femme pour être rassurés dans leur masculinité, c'est que leur définition de la masculinité n'était pas bonne ; elle était aliénante et criminelle. Mais cet état de choses lui paraissait trop enraciné, trop universel et immuable pour pouvoir être entamé. En attendant qu'arrive une nouvelle génération, moins sauvage et individualiste, en attendant que des femmes courageuses et des hommes bienveillants renversent l'ordre établi, elle ferait la seule chose qu'elle savait faire : se faire payer pour toucher, sucer et faire jouir.

Aujourd'hui, il lui en coûterait plus que d'habitude d'afficher son sourire enjôleur, de se montrer patiente, douce, admirative. Un seul client, Luc – qui était objectivement un client facile –, et pourtant elle se sentait déjà vidée de toute son énergie. Comme si c'était elle, et non Christophe, qui était en train de subir une chimio.

Son chum avait le cancer. Nouvelle terrible, monstrueuse, qui était tombée comme un couperet, fendant impitoyablement le petit confort qu'ils s'étaient appliqués à bâtir pendant dix ans. Il se plaignait des douleurs abdominales – de temps en temps, comme tout le monde. La chose passa longtemps inaperçue, jusqu'à ce qu'il consulte pour un soupçon de crise d'appendicite et que les examens révèlent une tumeur particulièrement agressive. Elle avait eu le temps de se propager un peu partout, presque chaque organe était envahi.

Christophe avait immédiatement entamé une chimiothérapie, bien qu'on leur eût laissé entendre que ses chances étaient minces, très minces. Mais il se sentait encore jeune, il n'avait « que » quarante ans et il avait été saisi d'angoisse à l'idée de mourir. Et mourir sans avoir connu la paternité lui parut soudain insupportable. Il s'en était ouvert à Florence, avec désespoir, et lui avait fait la proposition insensée de faire un enfant, là, tout de suite.

« Je veux juste vivre assez longtemps pour le voir naître », disait-il. Il ne pourrait partir qu'en sachant qu'une minuscule parcelle de lui-même subsisterait dans cet univers, qu'il ne s'évanouirait pas totalement dans le néant, sans que rien, jamais, ne rappelle son existence à personne.

« C'est notre chance à tous les deux, répétait-il, une lueur fanatique dans le regard. Pour toi aussi, il sera bientôt trop tard d'avoir un enfant. »

Elle lui en avait voulu de ce coup bas, de vouloir l'utiliser comme un moyen pour réaliser son plan délirant. C'était tellement lâche de vouloir lui laisser sur les bras un enfant qu'il ne pourrait jamais élever ! Tout ça pour flatter son petit ego. Encore un homme qui voulait s'approprier les capacités reproductives d'une femme : rien de nouveau sous le soleil.

Mais elle n'avait pas eu le courage de le lui dire. On ne pouvait pas dire cela à un homme qui n'avait plus que quelques mois à vivre. En voyant la détresse dans ses yeux, elle avait décidé qu'elle pouvait bien lui offrir ça : le sentiment de faire un pied-de-nez à la mort. Elle avait eu pitié de lui. Elle avait dit : « D'accord, faisons un enfant. »

Et tous les soirs, de retour à Longueuil, bien qu'ils fussent tous les deux épuisés – l'un par le cancer, l'autre par son « travail » – Florence se soumettait patiemment à l'épreuve du coït, parfois pour la dixième fois de la journée.

Elle éprouvait le sentiment d'avoir fait une bonne action quand il finissait par jouir. Elle se retenait de lui dire de garder ses forces pour la chimio, que tout cela était inutile – car elle prenait ses précautions pour ne pas tomber enceinte. Mais la pitié l'emportait et elle continuait de lui offrir cet espoir. Elle avait tout prévu : quand son état déclinerait fatalement, elle prétendrait qu'elle était enceinte. Ainsi, il mourrait en pensant qu'il laissait derrière lui un enfant.

Avoir recours à ce dégoûtant stratagème lui était odieux, mais elle n'allait tout de même pas faire un enfant dans une telle situation !

De toute façon, elle n'avait pas la moindre envie d'être mère. C'était une évidence. Elle ne comprenait pas quelle différence cela pouvait faire, que les gènes de Florence Tremblay perdurent ou non à l'intérieur d'un autre être humain. Quelle drôle d'obsession : vouloir toujours s'étaler, se propager, se croire unique et indispensable, penser qu'on méritait l'immortalité. Et en plus, refuser d'en assumer les conséquences ! Non, Florence avait suffisamment supporté l'égoïsme des hommes pour endosser ce fardeau supplémentaire.

Kim apparut sur le pas de la porte. « Béa, ça sonne depuis tantôt, tu n'entends pas ? »

Florence sursauta. Ah oui, c'est vrai, le client suivant. Elle se sentait lasse, fourbue. Voilà où ça menait, de commencer à réfléchir et à laisser des voix enfouies remonter à la surface.

Elle glissa ses pieds dans les escarpins, traversa le hall d'entrée et prit quelques secondes pour recomposer son masque, s'apprêtant à lâcher son habituel « Bonjour, mon chéri ! » en remuant les hanches avec un sourire aguicheur.

Elle n'ouvrait jamais la porte en grand, juste un entrebâillement dans lequel le visiteur se glissait discrètement, ni vu ni connu.

Il entra tête baissée et fit quelques pas dans le hall avant de se retourner pour lui faire face. Le sourire de Florence se décomposa, fondant comme un masque de cire. Les yeux noirs de Christophe la fixaient du fond de ses orbites creuses, comme déjà du fond d'une tombe. Ils paraissaient encore plus immenses dans ce visage émacié et grisâtre, sans sourcils, dans ce crâne luisant dans la lueur des spots – une vraie tête de mort.

Comment expliquer cette présence ? L'avait-il espionnée, suivie ? Se pouvait-il que ce fût un hasard ? Et si, le matin même, il avait épluché les annonces sur Craigslist[4] et avait composé le numéro indiqué pour réserver une séance avec « Béatrice, 1m 60, 38C, service complet, *girlfriend experience* » ? Et les photos ? Son visage était flouté, bien sûr. Mais n'avait-il pas fait le lien avec le corps de sa compagne, qu'il avait pourtant sous les yeux depuis dix ans ?

Florence mit un doigt sur ses lèvres pour lui intimer le silence. Il la suivit dans la cabine où elle *recevait*, l'entoura d'un regard incrédule et s'assit sur le rebord de la table de massage.

« Ça m'écœure de toucher ce truc, dit-il, mais je n'ai pas assez de forces pour rester debout.

— C'est propre, je désinfecte tout le temps », dit Florence un peu maladroitement.

C'était atrocement gênant de se trouver dans cet endroit, l'un en face de l'autre, tout à coup

---

4 Site web américain pour petites annonces

tellement étrangers. Elle se rendit compte que le CD de Lana Del Rey continuait de tourner en boucle et tendit la main pour interrompre le lecteur. La complainte de la chanteuse s'interrompit au milieu d'un langoureux soupir.

« Joli prénom, *Béatrice*. Mais toi, Flo ? Qu'est-ce que tu fais là ?

— À ton avis ? » demanda Florence d'un air de défi.

Soudain, elle réalisa qu'elle n'avait pas du tout envie d'être sympa. Une évidence se faisait jour dans son esprit : son chum allait voir des *escorts*, alors qu'elle le croyait à l'hôpital pour sa chimio. Il était au moins aussi dégoûtant qu'elle-même.

« Tu as vu mon annonce ?

— Sur Craigslist, oui. Et je dois dire que... on ne te reconnaît pas vraiment. »

Sans déconner. Photos retouchées, en lingerie, le cul tendu vers l'objectif – *j'espère bien que tu ne m'as pas reconnue, gros con*, pensa Florence.

« Tu n'es pas vraiment comme ça, avec moi.

— Comme quoi ? Comme une pute ?

— Bah... Apprêtée, sensuelle... Et tu n'as pas l'air très enthousiaste, quand on fait l'amour. On dirait que tu n'en as jamais vraiment envie.

— Disons qu'avoir vu une demi-douzaine de bites dans la journée, parfois ça me suffit, éructa Florence.

— Mais alors ça veut dire que tu te forces, avec moi ? »

Les hommes devenaient souvent d'une naïveté pathétique quand il s'agissait de décoder le manque d'envie de leur partenaire.

« Mais pourquoi, Flo ? On ne manque pas d'argent, pourtant... Je ne suis pas un assez bon coup ? »

Alors celle-là, elle ne s'y attendait pas !

Prenant son silence abasourdi pour un aveu, il attaqua : « Tu te rends compte qu'il y a des femmes qui font ça par nécessité ? Des femmes qui ont réellement besoin d'argent. Et que les bourgeoises qui le font juste comme ça, parce que leur chum ne leur suffit pas, ça crée une sorte de.. concurrence déloyale. »

Il avait vraiment dit ça. *Concurrence déloyale.*

« Et toi, tu te rends compte que les types comme toi, qui payent les femmes pour coucher avec eux, financent le trafic d'êtres humains ?

— Je n'ai jamais forcé personne. Et puis, si elles n'avaient plus de clients ce serait la misère. Alors u contraire, j'améliore leur situation économique. »

Florence faillit s'étrangler. Pour un peu, il se ferait passer pour un bienfaiteur de l'humanité ! Une phrase se mit soudain à tournoyer dans son esprit : *Quand tu vois une femme qui a faim, mets de la nourriture dans sa bouche, pas ta bite.*

« T'es pas un bienfaiteur, dit-elle entre ses dents. T'es un violeur.

— Et toi une hostie de salope. T'es qu'une criss de charrue[5] nymphomane.

— Je te hais.

— Je te déteste.

— Je te méprise.

— Tu me dégoûtes.

— Mange la mârde !

— Mais pourquoi tu fais ça, à la fin ?! Je ne te suffis pas ? Réponds, Flo, j'ai besoin de savoir !

— Et toi, pourquoi tu fais ça ? Moi non plus je ne te suffis pas, on dirait.

— Peut-être que si tu te faisais plus sexy, si tu avais l'air plus... passionnée, je ne sais pas... Mais apparemment, t'es juste capable de ça pour de l'argent.

— Je suis accro, ça te va ? Je suis addict au fric. Je suis une junkie du pognon.

— Tu m'étonnes qu'il y a des gars qui haïssent les femmes, dit Christophe d'une voix sourde. À c't'heure, pour avoir une bonne baise, il faut toujours payer. »

Il avait le teint vraiment gris et commençait à vaciller un peu. Mais Florence avait encore des questions. Elle brûlait d'envie d'en découdre.

« Depuis combien de temps tu fais tes petites virées ?

— Bin, depuis que j'ai appris...

Sa voix se brisa.

— Alors, tu crois qu'être malade ça te donne le droit d'exploiter la pauvreté des femmes pour

---

5 Jurons québécois

vivre je ne sais quel fantasme tordu ? Aller aux putes, c'était sur ta *bucket list*[6], c'est ça ?

— Tu ne sais pas ce que c'est, de savoir que tu vas mourir bientôt, se mit-il soudain à pleurnicher. C'est vraiment... horrible. Je voulais juste profiter encore un peu. Je n'avais jamais fait ça, avant. Je me suis dit que c'était... un truc à faire. »

Il eut une quinte de toux. Il n'en finissait plus de cracher ses poumons. Il mit ses mains en coupe devant sa bouche ; un jet de sang jaillit de sa gorge, éclaboussa le tapis à imprimé léopard.

« Kim, annule mes rendez-vous », lança Florence en passant la tête dans le bureau de la réceptionniste. Elle enfila ses vêtements de ville par-dessus la lingerie, qu'elle ne prit même pas le temps d'enlever. Appela un taxi. Chargea Christophe que la banquette arrière.

Cela faisait trois jours qu'il agonisait dans une chambre du CHU de Montréal avec vue sur *downtown*. Florence, qui passait plusieurs heures par jour à son chevet, contemplait les flèches des buildings qui s'élançaient vers le ciel d'un bleu lumineux, comme on n'en voit que par un temps très froid. Un enchevêtrement de verre et d'acier, avec la neige si blanche que ça rendait le paysage aveuglant. À gauche, le fleuve Saint-Laurent saisi par la glace. À droite, le Mont-Royal avec sa croix hideuse – la « criss de croix », comme disait

---

6 Une liste de choses à faire avant de mourir

Christophe, symbole des méfaits de l'Église catholique en terre du Québec.

On l'avait intubé : il ne prononcerait sûrement jamais plus de tirades politiques sur la justice sociale et la protection de l'environnement... *Tant mieux*, se dit Florence. À quoi bon tous ces grands discours, lorsque dans sa vie privée on demeure un exploiteur ? Lorsque la plus grande réussite de sa carrière, c'est d'avoir permis à un consortium pétrolier de saccager toute une région, en délivrant une étude truquée ? Toute leur existence lui parut soudain glauque et sordide à un point insupportable.

Peut-être que c'était la seule chose à faire : tout saccager. Pour que le système entre dans une telle impasse qu'on serait enfin obligé d'en bâtir un nouveau.

Et alors, peut-être qu'un jour, les anthropologues d'un lointain avenir pourront se pencher avec curiosité sur une civilisation « avancée » où une femme pouvait s'acheter ; où il était admis que payer un humain pour du sexe était une chose « à faire au moins une fois dans sa vie ». Une civilisation en réalité barbare et inhumaine, où Homo sapiens rendait un culte à un dieu aussi fascinant que mortifère : l'argent.

En Terrasse

Attablées à la terrasse d'un café place de la République, deux femmes bavardaient. À les voir échanger des plaisanteries autour d'un cappuccino, elles avaient l'air de meilleures amies du monde. Rien dans leur attitude ni dans le ton de leur conversation ne laissait deviner qu'en réalité elles se détestaient cordialement.

Astrid et Laura s'appelaient tous les jours, s'abreuvaient mutuellement de *likes* sur Facebook et Instagram, allaient au resto, faisaient du shopping ensemble – leur relation offrait toutes les apparences d'une belle amitié. Jamais quiconque n'aurait imaginé que ces deux femmes si policées se vouaient une haine féroce.

Elles se connaissaient depuis l'enfance. Elles avaient fréquenté le même collège et lycée, s'étaient écrit des mots dans leurs agendas, avaient commenté ensemble leurs premiers flirts. Mais tandis que Laura restait faire ses études à

Limoges, Astrid avait choisi l'aventure : une école d'art dramatique à Paris ; comédienne ; elle avait bourlingué à travers l'Europe avec une compagnie théâtrale. Elle étaient revenue au bercail quelques années plus tard, fille prodigue, complètement fauchée, avec sur les bras un bébé dont elle n'a jamais vraiment raconté l'origine.

Laura, pendant ce temps, avait vécu chez ses parents, le nez plongé dans ses cours. Durant ses études, elle rencontra Arnaud, jeune homme sérieux et plein d'ambition. Ils se marièrent dès leur diplôme en poche. Arnaud entra dans la grande distribution, Laura dans une agence immobilière. Gérants, cadres supérieurs – à trente-cinq ans, leur vie avait atteint un confortable rythme de croisière.

Un seul détail manquait à leur idylle : les gazouillements d'un bébé, les petits pas d'un enfant en train de trottiner dans les couloirs de leur grand pavillon de banlieue. Laura avait toujours caressé ce rêve en secret et, parvenue au milieu de la trentaine, elle avait hâte de mettre ce *projet* en route. Arnaud avait d'abord accueilli l'idée avec méfiance, mais il finit par céder et ils avaient peu à peu cessé de *prendre leurs précautions*.

Le temps passait, la vie suivait son cours. L'enfant ne venait pas. Le vaste pavillon et ses nombreuses pièces restaient vides et silencieux. Les propriétaires travaillaient beaucoup et ne s'attardaient jamais longtemps chez eux. Laura avait parfois le sentiment désagréable qu'au fond,

Arnaud était soulagé de cet état de choses – pensée qu'elle chassait aussitôt de son esprit. N'était-il pas aimant, attentionné ? Un soutien constant et indéfectible ?

Et puis un jour, quelque chose chez son mari changea et il se mit à désirer l'enfant avec au moins autant d'ardeur qu'elle-même.

Elle lui avait transmis son obsession, et dès lors toutes leurs interactions furent habitées d'une tension vers ce but commun. De « on le fait puis on verra bien » ils passèrent à « on le fait *exprès* ». Une gêne s'immisça dans leurs ébats, quelque chose de contraint et de mécanique.

Se mettre au lit avec la boule au ventre.

Un tiroir rempli de tests d'ovulation.

La « suite parentale » et son lit *king size* se transforma en cabinet de torture. Laura se mit à redouter la nuit, et le moment où il faudrait *s'y mettre*. Quelle ironie : elle avait bataillé pour qu'Arnaud partage son désir d'enfant, et réussi au-delà de ses espérances – ou était-ce un effet naturel de l'âge ? Les hommes se mettent-ils à vouloir à se reproduire frénétiquement quand ils commencent à prendre conscience de leur propre mortalité ? Laura observait chez lui des petits détails inédits : regard qui s'attarde sur les rayons de jouets, coups d'œil mélancoliques sur les aires de jeux, accès soudains de nostalgie pour ses propres souvenirs d'enfance. Il devenait émotif.

Maintenant, c'était lui qui mettait la pression. Toujours en douceur, bien sûr, sans jamais la culpabiliser directement. Des réflexions. Lueur d'espoir dans son regard à chaque début de cycle, qui s'évanouissait lorsqu'elle lui annonçait qu'elle avait à nouveau ses règles. En un sens, l'époque où il ne manifestait pas d'enthousiasme particulier pour la venue d'un enfant était plus supportable, c'était moins humiliant que d'être incapable de le combler. Laura portait désormais sur ses épaules le poids d'une double déception.

Elle avait même commencé en cachette à se renseigner sur la fécondation *in vitro*.

Bien sûr, elle dissimulait farouchement ces pensées aux yeux de tout le monde. Son souhait le plus cher, elle le gardait jalousement entre son époux et elle. Leur secret un peu honteux. C'était devenu quelque chose d'inavouable, d'indicible, qui flottait entre eux comme une nuée d'orage. Quand des amis leur annonçaient qu'ils allaient devenir parents, ils échangeaient un coup d'œil furtif dont eux seuls comprenaient la portée, et ils savaient l'un comme l'autre que leurs exclamations de joie étaient teintées d'amertume. Mais Laura gardait la face en toutes circonstances, qualité dont elle s'était forgé un principe catégorique, et qui lui était d'une grande utilité dans sa carrière. Elle aurait préféré crever plutôt que de laisser deviner sa détresse. Elle s'était même érigée en fervent apôtre de la non-maternité, qu'elle professait à qui voulait l'entendre : « Je n'ai pas envie d'abîmer mon corps », « On n'aurait plus de temps pour nous, on travaille tellement ! », « Il y a déjà trop d'êtres humains sur cette planète » – autant d'arguments qu'elle développait volontiers, surtout en présence d'Astrid. Elle affichait leur amitié comme une démonstration de son ouverture d'esprit : montrer à tout le monde que ses positions ne l'empêchaient pas d'être amie avec une femme *irresponsable*, qui n'avait pas eu le courage de faire le bon choix, le seul choix qui s'imposait dans sa situation.

Car en effet, non seulement Astrid avait un enfant, mais elle avait eu l'audace de le mettre au monde tout en étant dans une situation pour le moins précaire. Toutes ces années de luttes féministes, le droit à l'avortement – « Une chance qu'on n'a pas dans tous les pays ! » – et cette dinde n'avait même pas été capable d'en profiter.

Devenir mère alors qu'on n'a aucune *situation*, quelle présomption scandaleuse ! Alors que Laura, elle qui avait tout bien fait, qui avait travaillé dur pour avoir une bonne position, qui avait si patiemment attendu le moment propice – après le mariage, après l'achat d'une maison, après la promotion – ; elle qui avait passé des années à gravir les échelons, à afficher sa réussite, à gommer les aspérités pour que rien ne dépasse ; à bâtir une vie exemplaire, un couple parfait ; elle qui n'attendait que ça, qui le désirait plus que tout au monde – son ventre restait désespérément vide.

Ce bébé, comme elle l'aurait bien accueilli ! Comme elle aurait su le bercer, le cajoler, lui offrir ce qu'il y avait de meilleur ! Pourtant, c'est dans le ventre d'une autre qu'il avait poussé, ce ventre haï de traînée dont le seul mérite avait été d'écarter les jambes. Chaque fois qu'elle regardait le corps d'Astrid, Laura frémissait de dégoût et de fascination. Elle aurait voulu la gifler, la battre ; l'ouvrir avec un couteau et fouiller ses entrailles, percer le mystère de ce ventre fécond qui n'en faisait qu'à sa tête. Elle aurait voulu dévorer sa matrice pour s'approprier son pouvoir incontrôlable de donner la vie. À défaut, elle se nourrissait de la présence d'Astrid, comme une goule, comme si elle pouvait s'imprégner de son énergie et absorber, par une sorte de transfert magique, le pouvoir souterrain de cette chair créatrice.

Entre-temps, Astrid s'était casée avec Charles, un homme aisé qui était en admiration devant ses excentricités, ce qui lui permettait de se consacrer à ses prétentions de comédienne en étant affranchie des contraintes matérielles.

Nouveau tour de passe-passe ; nouvel affront pour Laura, qui s'enorgueillissait d'avoir bâti elle-même sa réussite.

Mais le gamin d'Astrid avait grandi. Ce n'était plus un bébé, d'ici un an ou deux il entrerait dans l'adolescence. Laura espérait qu'il lui en ferait voir de toutes les couleurs. Dès lors qu'ils commençaient à se transformer en adultes, les enfants ne l'intéressaient plus tellement. Le plus douloureux pour elle était la vue de nourrissons, petites poupées joufflues qui gazouillent et ne marchent pas encore. Un être humain sans défense, entièrement à sa merci, qui n'aurait d'yeux que pour elle ; il se blottirait contre elle et le corps de sa mère serait tout pour lui. Elle serait son monde. C'était ce pouvoir absolu qu'elle convoitait, c'était tout le sens qu'elle donnait à la maternité – le droit de vie et de mort.

Mais ce jour-là, à Limoges, sur la petite terrasse, les deux femmes buvaient un cappuccino. L'une montrait à l'autre des photos de son fils, qu'elle faisait défiler sur l'écran de son smartphone.

Laura grinçait des dents.

« Dire qu'il va entrer au collège l'année prochaine... La temps passe si vite ! soupira Astrid.

— Tu dois être contente, tu vas enfin pouvoir t'occuper de toi.

— Oh, tu sais, avoir un enfant ne m'a jamais empêchée de prendre soin de moi. »

C'est sûr, ce n'est pas toi qui ferais passer les besoins de ton gosse avant les tiens.

« Moi, celles que je plains, ce sont les mères qui travaillent, continua Astrid. Rentrer fatiguée de sa journée et devoir encore s'occuper d'un enfant, vraiment, je ne vois pas comment elles y arrivent. Moi, jamais je ne pourrais vivre comme ça, j'aurais l'impression de rater tous les moments importants.

— Que veux-tu, tout le monde ne peut pas se permettre de ne pas travailler, observa perfidement Laura.

— Je sais, ma belle, et crois-moi je pense tous les jours à la chance que j'ai d'avoir trouvé Charles.

— Oh oui, c'est vrai qu'il est très bien, Charles. Quelle chance, en effet ! On peut dire que vous vous êtes bien trouvés. »

Vas-y, grosse vache, joue la bourgeoise maintenant que tu as trouvé un pigeon pour t'entretenir. Tu faisais moins la fière il y a dix ans quand tu as débarqué avec ton môme, tu avais à peine de quoi le nourrir. Ah ça, on peut dire qu'il t'a eue au rabais, ton Charles !

« Il n'empêche, si toutes les femmes raisonnaient de cette façon, on serait bientôt de retour au dix-neuvième siècle, dit Laura doctement. Je plains celles qui ne se donnent pas les moyens de s'épanouir en dehors de la sphère domestique. Maintenant qu'on a la possibilité de gagner sa vie et d'être indépendante, dire qu'il y en a qui se contentent d'être une potiche ! Attention, ma belle, je ne dis pas que c'est ton cas, s'empressa-t-elle d'ajouter.

— Je sais bien, ma chérie, je sais bien. »

C'est ça, vieille garce.

« Tout ce que je dis, c'est que ça ne doit pas être très valorisant de dépendre de quelqu'un. C'est un manque de confiance en soi qui est fort déplorable. Mais bon, après tout, s'il y en a qui y trouvent leur compte... »

Les mains crispées sur leur tasse, les deux femmes se toisaient.

Un accord tacite et immuable voulait qu'entre elles il n'y eût jamais de véritable dispute. C'était un conflit larvé ; elles s'envoyaient des piques en permanence, mais sans jamais déclarer ouvertement les hostilités. Elles savaient pourtant que chacune de leurs paroles était une flèche décochée à l'adversaire ; que leurs sourires étaient des rictus de molosses prêts à mordre.

Laura haïssait Astrid car elle avait obtenu sans efforts ce pour quoi elle se battait tous les soirs, et Astrid lui enviait ses succès professionnels, son indépendance financière et le sans-faute de sa vie de couple. Elle sentait confusément l'envie de Laura, sa faille, et éprouvait un malin plaisir à la titiller. Elle trouvait pathétiques ses airs de *businesswoman* invulnérable, sa fausse indignation devant la maternité. Elle aurait voulu qu'elle avoue.

L'animosité était donc réciproque, mais tout le jeu consistait à n'en laisser rien paraître. Des mots aimables et des expressions polies étaient les seules armes autorisées. Le défi consistait à savoir exactement quand s'arrêter, à être suffisamment équivoque pour frapper sans avoir l'air ouvertement agressive. Même un observateur attentif n'aurait pas pu deviner que ces deux femmes qui prenaient le soleil à la terrasse d'un café se seraient volontiers étripées.

« À propos, comment va Charles ? demanda Laura en buvant une gorgée de café.

— Mais très bien. Toujours aussi débordé... C'est qu'il travaille pour deux !

— C'est vrai qu'avec toutes les traites à payer, il doit avoir une sacrée pression.

— Oui, mais je m'occupe bien de lui. À la maison, monsieur est aux petits oignons, claironna Astrid. Et puis, il adore son boulot. D'ailleurs ses affaires marchent très bien. Figure-toi qu'il est en train de nous acheter une maison de vacances.

— Mais c'est super ! s'exclama Laura en manquant de s'étouffer.

— Oui, comme ça on pourra partir à n'importe quel moment, avec notre fils. »

« Notre fils ». Elle a dit « notre fils ». Mais arrête-toi, ma pauvre, tout le monde sait que c'est un bâtard ! Il faut avoir un sacré culot, quand même. Pondre ça comme ça et se débrouiller pour le faire assumer par quelqu'un d'autre.

« Enfin, je sais bien que ce n'est pas son père biologique, continua Astrid, mais à force, c'est tout comme. Ils s'entendent tellement bien ! D'ailleurs, maintenant que nous sommes mariés, Charles va faire les démarches pour l'adopter officiellement. »

Un éclair passa dans les yeux de Laura, mais tellement bref, tellement subtil que nul autre qu'Astrid n'aurait pu l'apercevoir. Il suffit toutefois à lui indiquer qu'elle avait visé juste. Elle poursuivit : « Tu vois, contrairement à toi et Arnaud, Charles a toujours rêvé d'avoir des enfants. Oui, je sais, c'est irresponsable de vouloir se reproduire alors que la planète est déjà saturée d'humains ; mais quand on a l'instinct, il n'y a rien à faire. Je le sais bien, moi, quand l'envie te prend aux tripes, c'est là, c'est viscéral, tu ne peux pas lutter. On n'est pas comme vous, nous ; on n'arrive pas à se raisonner quand il s'agit d'enfants. On doit être un peu bêtes, Charles et moi ! dit-elle en gloussant. On est des romantiques incorrigibles ! Malgré tout l'argent qu'il brasse, Charles, c'est un poète dans l'âme. Mais on vous admire, tu sais. Construire sa vie sur des principes rationnels, c'est tellement sain. »

Laura luttait pour conserver son calme. Elle serrait si fort sa tasse que ses phalanges étaient devenues toutes blanches. Jamais personne ne s'était aventuré si près de la terrible blessure qu'elle portait au fond d'elle-même.

Elle sait, pensa-t-elle subitement. *Elle sait, elle l'a toujours su ! Et ça la fait jouir de me fourrer le nez dedans !*

Elle fit un effort surhumain pour se dominer. Lorsqu'elle parla, ce fut d'une voix douce et conciliante.

« Mais voyons, ma chérie, Charles est loin d'être stupide. Regarde, après tout, il n'a pas réellement *fait* d'enfant, il en adopte un, ce n'est pas pareil. En quelque sorte, c'est même plus intelligent, plus noble. Déjà tellement d'humains, comme tu dis ; ce qu'il faudrait, c'est arrêter d'en faire et adopter ceux qui ont été... *abandonnés*.

— Oh, non, Charles est bien moins raisonnable que tu ne crois, sourit Astrid. Ma belle, je voulais te le dire tout à l'heure, mais je ne savais pas comment m'y prendre. C'est bête, j'ai trente-cinq ans, je suis *maman*, dit-elle en insistant sur ce mot, et je ne sais pas comment annoncer à ma meilleure amie que je vais le devenir à nouveau ! »

Le temps s'arrêta. Astrid savourait l'effet produit par ses mots.

« Oh ! » Laura porta une main à sa poitrine.

Il fallait dire quelque chose. Sourire, féliciter. Mais tout son corps s'était engourdi et ne lui obéissait plus. Pour la première fois, la maîtrise absolue d'elle-même dont elle s'enorgueillissait tant lui faisait défaut.

« Eh bien, tu ne me félicites pas ? demanda Astrid d'un air narquois. Oh, je comprends, tu dois être déçue car je vais encore bafouer tous tes principes philosophiques... Pardon, ma chérie, je n'y peux rien, je n'ai jamais su résister à mon instinct. Décidément, je ne suis pas une femme moderne. Mais tu sais ce qui me console ? C'est de savoir que toi, tu es assez intelligente pour expier mon inconséquence. Là où j'aurai eu deux enfants, tu n'en auras aucun, alors ça rétablit un peu la balance. Je t'admire, oui !

Les enfants, c'est tellement de contraintes. Quand on n'a pas la fibre maternelle, le mieux c'est d'y renoncer. Au moins tu es honnête, c'est pour ça que je t'aime : tu ne cèdes pas à la pression sociale, tu ne veux pas d'enfants et tu l'assumes, ce qui est tout à ton hon... »

Elle n'eut même pas le temps de pousser un cri. Laura s'était jetée sur elle et la maintenait plaquée au sol avec une force surprenante. Ses mains serraient son cou comme des tenailles.

« Tais-toi ! glapit-elle. Ferme-là, espèce de grosse salope ! Ça aurait dû être moi ! J'ai tout fait comme il faut ! C'était mon tour ! »

Astrid étouffait, blême, les yeux exorbités.

« Je... plaisantais, parvint-elle à articuler avec effort.

— Oh... »

Humiliée, Laura relâcha son étreinte et fondit en sanglots. Elle s'effondra sur Astrid, qui se releva précipitamment en la repoussant avec dégoût. Elle resta prostrée comme une loque.

Tu t'es enfin trahie. Alors c'est ça que tu avais dans le ventre... Tu crois que je ne le voyais pas, tes grands airs, tes regards condescendants, tes leçons de morale... Je le savais, que tu n'étais qu'une frustrée.

« S'il-te-plaît, croassa Laura, je t'en supplie, ne raconte rien à Arnaud. »

Mais Astrid avait déjà repris contenance.

« Mais de quoi tu parles, Laulau ? » demanda-t-elle innocemment.

Laura leva vers elle un regard incrédule.

« Ça va, ma chérie ? demanda Astrid en se penchant sur elle. On dirait que tu as fait un malaise. Allez, appuie-toi sur moi pour te relever, les gens nous regardent. »

Elle l'aida à se redresser.

« Vraiment, tu n'es pas enceinte ? demanda Laura piteusement.

— Mais non, quelle idée ! Déjà que j'ai galéré pour en élever un seul, je peux t'assurer que je ne risque pas de recommencer au moment où je peux enfin souffler et avoir du temps pour moi ! Et puis au fond, je déteste les enfants. Il faut vraiment être maso pour en faire exprès. »

Laura se sentait étrangement nue, comme si on avait arraché ses vêtements et qu'on l'avait paradée place de la République sous les quolibets de la foule.

« Alors, on est toujours amies ? finit-elle par demander timidement.

— Oh, ma belle ! s'exclama Astrid en la prenant dans ses bras. Mais oui, enfin ! Ce malaise a l'air de t'avoir drôlement secouée. Viens, ma biche, on va se prendre un cocktail. Et n'oublie jamais, quoi qu'il arrive tu resteras toujours ma meilleure amie. »

Les deux femmes s'éloignèrent, bras dessus bras dessous. Leur amitié était intacte.

Home Office

Sam allume sa machine à café et se fait couler un expresso. Double. Noir, très noir. Sa gymnastique du matin. La seule activité physique entre le réveil et le moment de s'asseoir à son bureau, à deux mètres de son lit. Enquiller des cafés, c'est son exercice cardio. Elle s'en fait toutes les heures. Autant pour le coup de boost que pour l'effet légèrement laxatif. D'habitude, elle s'oblige à ne plus en consommer après 16 h. Mais aujourd'hui, elle va probablement en reprendre un le soir, quand elle aura fini son travail. Elle a besoin d'être bien éveillée et en forme pour son rencard.

Sam complète son expresso avec une généreuse dose de crème, du sucre, et se glisse péniblement derrière son bureau. Son ventre volumineux sur lequel reposent des seins opulents l'oblige presque à tendre les bras pour atteindre le clavier et la souris. Elle est suréquipée en gadgets de toutes sortes censés faciliter la vie sédentaire des employés qui passent leurs journées devant un écran : appuie-mains molletonné, repose-pieds, clavier ergonomique, fauteuil haut de gamme avec un coussinet au niveau des lombaires. Mais à dix heures tout son corps lui fait déjà horriblement mal. Les bras ankylosés, une douleur lancinante qui irradie du coccyx, sans parler de la nuque – l'impression qu'on lui a planté un hameçon dans les cervicales. Les jambes enflées malgré les bas de compression.

Sam a trente-cinq ans.

Depuis la crise sanitaire due au coronavirus COVID19, il y a cinq ans, un changement dans les mentalités a enfin permis la généralisation du télétravail. Sam avait alors trente ans et elle se souvient avoir sauté de joie lorsqu'un confinement avait été instauré pour deux mois, interrompant l'activité de certains et obligeant les autres à travailler depuis chez eux. La situation convenait tout à fait à son tempérament casanier et introverti. La hiérarchie, par principe réfractaire à tout changement pouvant faciliter la vie des employés, avait bien dû se rendre à l'évidence : le télétravail ne les empêchait pas de mener à bien leurs missions. Au contraire, la plupart étaient même plus efficaces ainsi. En particulier, ceux qui devaient effectuer plus d'une heure de transport avaient fait preuve d'une efficacité exemplaire, désireux de démontrer qu'ils pouvaient être encore plus utiles à l'entreprise dans cette nouvelle configuration. Les timides, les complexés, les agoraphobes, les harcelés et tous ceux qui avaient des conflits avec leurs collègues ou leurs supérieurs – tous ceux-là exultèrent lorsqu'il devint évident que ce virus ne s'en irait jamais complètement, qu'il était installé pour de bon et qu'il faudrait désormais apprendre à vivre avec, et pour cela adopter un vaste ensemble de comportements relevant de la *distanciation sociale*.

Ainsi, même après la levée du confinement, Sam ne retourna pas au bureau. Toutes les professions pour lesquelles cela était possible se mirent au pas de la nouvelle norme – et peu de métiers se prêtaient aussi bien à la dématérialisation que celui de programmeuse informatique.

Sam avait dans un premier temps sauté de joie. Elle allait enfin pouvoir s'affranchir de tous les aspects négatifs de son travail. D'abord, la galère des transports. Elle détestait avoir à se frotter à des inconnus dans des souterrains aux odeurs méphitiques, sans parler de la perte de temps, d'autant plus révoltante qu'elle aurait pu être évitée si les supérieurs avaient autorisé le télétravail. À cause des légendaires embouteillages parisiens, se rendre au bureau en voiture ne représentait pas de raccourci significatif. L'heure de trajet depuis son studio jusqu'aux locaux de son entreprise dans le 8ème arrondissement semblait fatalement incompressible.

Puis, il y avait les interactions sociales. Sam détestait devoir faire la bise à trente personnes le matin, et devoir échanger des inepties avec les collègues au moment du café lui semblait une perte de temps intolérable. Elle détestait se sentir sans cesse surveillée, détestait devoir faire semblant de travailler – prendre des pauses était mal vu, même lorsqu'on avait atteint son objectif, même en citant des études qui démontraient que des interruptions régulières augmentaient la concentration et l'efficacité des employés. L'enfer de l'*open space*, panoptique où chacun est livré au regard implacable du management. L'impression permanente d'être épiée, scrutée, moquée.

En somme, lorsque le télétravail devint non seulement possible mais obligatoire, Sam se sentit gagnante sur tous les fronts. Soulagée. Elle n'aurait plus à affronter les collègues de visu. Ne plus devoir se justifier en permanence. Plus de contacts déplacés dans les transports. Elle avait enfin accédé au saint Graal des timorés, des anxieux, des harcelés et des « mal dans leur peau » : le travail en *home office*, dans le jargon branché de la *start-up nation* néolibérale.

Sam essaie de rester concentrée sur son code, mais l'onglet Uber Eats lui fait de l'œil depuis son navigateur. C'est si facile de commander des plats en livraison. Quelques clics – et trente minutes plus tard le livreur sonne à la porte. Sam n'a pas à faire plus de dix pas pour accéder aux burgers, sushis, pizzas et autres réjouissances, en quantités parfois gargantuesques. Tout en tapant du code, elle fantasme sur les victuailles qui se présenteront à sa porte dans quelques minutes. Elle sait qu'en théorie il est encore temps d'annuler sa commande, et elle s'agrippe à cette pensée tout en sachant qu'elle n'en fera rien. Il est encore temps de dire au livreur de ne pas venir, de lui ordonner de ne plus jamais revenir : « Par pitié, si je vous appelle à l'avenir ne prenez pas ma commande, c'est une affaire de santé publique, ne m'apportez plus jamais de bouffe, sous aucun prétexte, même si je supplie, même si je me roule par terre, même si j'offre de payer le double, le triple pour le même plat ! » Voilà une idée géniale : créer une application pour s'empêcher de se faire livrer de la nourriture. Pendant ses périodes de lucidité, l'utilisateur·trice pourrait bloquer les sites sur lesquels iel était susceptible de commander – en cas de changement d'avis, il faudrait s'acquitter de, disons, 20 € pour débloquer le restaurant. Mais au fond, Sam sait qu'un boulimique en pleine crise d'hyperphagie est prêt à cracher bien plus de 20 € pour pouvoir se goinfrer. En un sens, être accro à la bouffe c'est comme être un junkie – on est esclave de la substance, ça tape dans les finances mais sur le coup on est prêt à tout pour s'en procurer.

Il est 11h 30 : les restaurants ouvrent. Sam commande un plateau de sushi. Des dizaines de makis, gyoza, crevettes tempura et brochettes de porc qu'elle avale sans les savourer. Enchaîne avec deux menus « Double Cheese Bacon XXL » de chez Burger King. Se fait un peu vomir et s'octroie une pizza hawaïenne avec un supplément d'ananas et de chorizo pour se consoler. Elle essuie le gras de son clavier, balaie les miettes tombées sur ses seins. C'est le moment de reprendre un café.

Sam poursuit son banquet solitaire avec des conserves de raviolis qu'elle ouvre l'une après l'autre pour en ingurgiter le contenu visqueux sans même prendre le temps de le réchauffer. Elle en a toujours en réserve dans un placard, de quoi faire une crise de boulimie *low cost*. Parfait pour finir une session de gavage. Ses doigts s'affolent sur le clavier, elle tape ses lignes de code quasiment d'une main tout en enfournant la bouffe de l'autre, les yeux rivés sur le moniteur. À ce stade, elle n'est plus capable de faire de différence gustative entre des sushis et des boîtes de raviolis froids. Juste se remplir, à tout prix.

Elle est en train de fantasmer sur une barquette géante de frites nappées de fromage et d'éclats de bacon, quand elle réalise que c'est déjà l'heure du *reporting*. Sam rend minutieusement compte des tâches qu'elle a accomplies, coche des cases, valide les jalons. Elle planche sur plusieurs projets simultanément, c'est une développeuse chevronnée et reconnue, ses activités de reporting sont aussi précises et soignées que ses lignes de code.

À 18h, elle peut éteindre son ordinateur – personne pour lui balancer perfidement : « Tiens, tu prends ton après-midi, *Sam* ? » lorsqu'elle part à l'heure où elle est contractuellement censée débaucher.

C'est l'heure de la vie personnelle.

Elle pensait qu'avec le télétravail, tous ses problèmes d'anxiété sociale seraient résolus. Désormais, elle allait pouvoir choisir soigneusement les gens qu'elle désirait côtoyer. Ne plus avoir de contacts qu'avec une poignée de personnes triées sur le volet, avec qui elle se sentirait entièrement à l'aise. Mais les choses se révélèrent légèrement plus compliquées. À sa plus grande horreur, une fois livrée à elle-même, Sam s'était mise à manger frénétiquement. Plantée devant son ordinateur, elle s'empiffrait continuellement, parfois jusqu'à vomir tripes et boyaux. Depuis qu'elle est en home office, sa boulimie lui a fait inexorablement prendre vingt kilos par an. Elle trouvait ce corps répugnant, mou et difforme, et n'avait aucune envie d'en prendre soin.

Quelques attaques de panique en public, quelques moqueries, quelques insultes, des amis qui n'avaient plus le temps – un jour, Sam ne sortit plus.

Elle se plante devant sa penderie, complètement découragée. Barbouillée d'avoir tant mangé et vomi, des palpitations à cause de toute la caféine ingurgitée. Dans une heure, elle est censée rejoindre le mec qui l'a contactée via une application de rencontres. Elle s'est inscrite il y a deux semaines, dans un moment de folie où elle s'était dit que, tout de même, il lui faudrait essayer de sortir. De *rencontrer quelqu'un*. Sinon elle va mourir, faire une crise cardiaque ou une rupture d'anévrisme devant son écran, et s'effondrer au milieu des emballages de nourriture qu'elle ne sera même plus capable de porter jusqu'à la poubelle. Les pompes funèbres seront obligées de défoncer un mur, ou de la dépecer, car son cadavre sera trop gros pour passer la porte.

Sam passe en revue des vêtements informes. Soudain, elle a un mouvement de panique. Mais qu'est-ce qu'elle est en train de faire, putain ? Qu'est-ce qui l'a prise de se mettre sur cette appli, de répondre à ce type, d'imaginer qu'elle pourrait plaire à quelqu'un ? Qu'est-ce qu'elle pourrait bien lui dire, à ce mec ? Sûrement un psychopathe, un fétichiste qui fantasme sur les obèses. Et quand bien même il serait sincère, elle ne se sent plus la force de jouer le jeu de la séduction. Non, non, elle est définitivement hors jeu. Sam fait le calcul : se rendre à ce rendez-vous ne lui ne causera probablement que de l'angoisse et de l'humiliation.

Et si c'était un de ces types qui veulent juste se taper une grosse pour le fun, pour un pari, pour voir *comment c'est fait* ? Un de ces fétichistes tordus qui vénèrent les bourrelets, mais pas la personne qu'il y a derrière.

Il ne manquerait plus qu'il l'invite au restaurant ! De toute façon, elle n'osera plus jamais se déshabiller ni manger devant un autre être humain. Pourquoi toute cette agitation, alors que le plaisir est à portée de clic, dans l'onglet Xvideos accolé à celui d'Uber Eats ? La pornographie reste la valeur refuge de l'*homo obesus domesticus*.

Sam bloque le profil du mec et rallume son ordinateur. Sur la page d'accueil du site porno, plusieurs vidéos appartiennent à la catégorie BBW, « Big Beautiful Women ». Des grosses, vautrées dans des poses obscènes, qui se font baiser par des types tout maigres qui paraissent minuscules entre leurs fesses incommensurables. Sam débande direct. Voilà à quoi on les réduit, les meufs comme elle. Un onglet sur un site de cul, seul endroit où elles ont une visibilité. Des gars s'astiquent là-dessus mais n'assument pas : qui voudrait s'afficher avec un machin comme ça ?

Et merde, qu'il l'invite au resto, ce type. Qu'il regarde ses mentons trembloter pendant qu'elle dévore un menu pour deux personnes. Ouais, je suis grosse et je bouffe, et je continuerai de bouffer jusqu'à en crever parce que j'aime ça, j'en ai besoin comme un camé qui veut sa dose. Quand je bouffe je colmate une brèche, et en même temps je m'avilis, parce que de toute façon ce corps n'est pas à moi, il refuse d'être tel que je le voudrais – alors je le punis de ne pas m'obéir.

De rage, Sam attrape son écran d'ordinateur et l'envoie valdinguer par terre. La tour émet un sifflement de protestation, mais pour toute réponse Sam lui file un coup de pied, se faisant au passage extrêmement mal à l'orteil. Elle prend son clavier, avec ses touches couvertes de résidu graisseux indélébile, et l'éclate contre un mur. Elle n'a jamais malmené ainsi un ordinateur de sa vie, mais celui-ci, elle est déterminée à le détruire. Annihiler ce témoin complaisant de ses crises de boulimie et de ses plaisirs solitaires. Elle shoote dans le tas d'emballages de nourriture accumulés près de son bureau. Les conserves vides font un vacarme terrible en roulant et en rebondissant un peu partout. Piétiner les cartons de pizza, déchirer les sacs en papier dans lesquels les livreurs amènent les commandes.

Sam fait un immense tas de déchets au milieu de sa cuisine. Elle s'empare de sa friteuse, et verse sur la montagne d'emballages l'huile dégueulasse, utilisée une douzaine de fois et où flottent des matières noirâtres. Elle ouvre méthodiquement tous les bidons d'huile qui se trouvent dans sa cuisine, et en répand le contenu partout dans son appartement, prenant soin d'imbiber chacune de ses affaires. Elle allume le gaz, déchire un bout de sac McDo, et y met le feu au contact de la flamme bleuâtre. Avec un grand calme, et dans un recueillement quasi religieux, elle jette le papier embrasé sur le tas de déchets. Des serpents de feu se mettent aussitôt à ramper dans la cuisine, dégageant une odeur douceâtre de merde brûlée.

Sans un regard en arrière, Sam quitte son appartement, descend dans la rue, et se dirige, sublime, vers son rendez-vous galant.

Violette Morris,
gallica.bnf.fr

ZUP

Quand t'arrives à Limoges par l'A20, tu prends la sortie lac d'Uzurat, et après le cimetière tu prends les boulevards. À un moment t'arrives au stade de Beaublanc : et là c'est la ZUP – mon quartier.

Entre le stade et le centre commercial de Corgnac, on appelle ça la « ZUP du haut », c'est plutôt tranquille. Y a même des petits pavillons avec des nains de jardin, et des résidences privées avec parking fermé et digicode. Mais si tu continues à descendre le boulevard, à partir du collège Maurois c'est la « ZUP du bas ». Depuis quelques années, ça s'est pas mal civilisé, ils ont passé ça au karcher, démoli des immeubles trop déglingués, bâti des aires de jeu, installé une annexe de la Mairie. Tout au fond, presque à la limite du Roussillon, un tout nouveau quartier *« à taille humaine »* a récemment jailli de terre, avec des petits ensembles de couleurs gaies, un gymnase flambant neuf et un jardin communautaire. Les petits vieux peuvent promener leur chien tranquille au parc du Mas Jambost.

Mais à l'époque de l'histoire que je vais raconter, c'était tout pété. Entre le terminus du 8 et celui du 6, c'était carrément la zone. Tu pouvais pas te poser. C'était Dakar. C'était Abidjan. C'était Bamako. C'était Alger. C'était Istanbul. C'étaient les Balkans. C'étaient les cas soc blancs. C'était Bagdad.

À la base, la ZUP du bas c'est deux blocs de cinq tours de quinze étages, le bloc Masdoumier et le bloc Joliot Curie, reliés par un petit pont au-dessus de la nationale, que les gens d'ici appellent *la passerelle*. Autour, se sont greffées des barres de cinq étages, des écoles, un Ecofrais et quelques petits commerces sur une esplanade squattée en permanence par des cailleras. Plus tu t'éloignais de Masdoumier, traversais la passerelle et t'enfonçais dans Joliot Curie, plus ça craignait. Les trottoirs étaient défoncés, il y avait de rats, des poubelles pas ramassées et des carcasses de tires. Et tout au bout du quartier, au terminus du 6, il y avait le Grand S. Un truc monstrueux, un mastodonte de dix étages qui avait exactement la forme d'un gigantesque point d'interrogation. L'air de dire : « Et maintenant, on va où ? » Nulle part, mon pote. T'es coincé.

Ce coin-là, fallait pas y traîner. Tous les quatre matins, les keufs saisissaient des armes, du pognon, du shit et de l'héro. Un type en avait buté un autre pour une affaire de bagnole. Vraiment, habiter là-dedans on aurait dit que ça te détraquait l'esprit.

Depuis qu'ils étaient arrivés du bled dans les années 70, mes grands-parents ont habité dans le Grand S. Juste avant ma naissance, le vieux s'est pendu. Sa femme lui a pas survécu longtemps, je ne me souviens pas d'elle. Ma mère dit qu'ils sont morts de honte.

Ma mère n'est pas allée loin, puisque encore aujourd'hui on vit toutes les deux dans un T3 dans une des tours Joliot Curie. Au quinzième, côté boulevard. On voit loin, loin, jusqu'au clocher de Saint-Michel. En vrai je kiffe.

Et à l'époque dont je vous parle, au septième étage de la même tour – mais côté ouest –, il y avait Nafissatouba. Satou. Ma *best*.

Satou, c'est l'amour de ma vie. Elle est sénégalaise, grosse, et gouine. Enfin, à la ZUP personne n'était au courant de ce dernier point, elle a jamais déclaré. Parce qu'à la cité t'as pas le droit d'être homo. On cherche pas à comprendre, tu te fais casser les dents direct. Du coup, elle a fini par se barrer à Paname, pour pouvoir être gouine là-bas sans avoir peur de se faire griller. Mais moi, j'ai toujours su qu'elle kiffait les meufs. Et plus précisément, qu'elle *me* kiffait.

On a commencé à traîner ensemble en 5ème. Un jour, dans le bus, elle m'a filé une lettre écrite sur du papier Diddle, où elle disait qu'elle m'avait déjà repérée au collège, qu'elle avait grave flashé sur mes baskets, et qu'elle voulait être mon amie. C'était un peu chelou, mais j'étais trop flattée par sa remarque sur mes Adidas. À l'époque j'avais des Superstar noires avec des bandes blanches, je m'en souviens parfaitement, je pourrais refaire la chronologie de toute ma vie en fonction des pompes que j'ai portées. J'ai jamais eu masse de tunes, mais les chaussures c'est sacré, faut pas faire le crevard là-dessus. Ça me dérange pas de bouffer des pâtes, mais jamais je ne sortirais avec des godasses de bouseux. Bref, le lendemain je lui avais rendu sa lettre en ajoutant « OK » en bas au stylo à paillettes.

À partir de ce moment-là, Satou a squatté chez moi non-stop. Chez eux ils étaient six avec ses frères et sœurs, du coup c'était un peu serré. Chez moi, on était au calme. Parfois, elle rentrait juste pour dormir. Le matin, comme on prenait toutes les deux l'ascenseur impair je m'arrêtais au septième, elle m'attendait sur le palier, on finissait la descente ensemble. On se faisait des bracelets en scoubidou. On piquait des fringues chez Pimkie. On écoutait Eminem, Diam's, Keny Arkana. Au bahut, on se serrait les coudes. Une fois, en 4ème, y a une tassepé qui nous a traitées de gouines. On l'a défoncée.

Se faire des tresses. Mater « Le Prince de Bel-Air » sur la petite télé dans ma chambre. Apprendre par cœur les lyrics de *Demain c'est loin*. Acheter notre premier portable, un Nokia 3310 ma gueule, et s'échanger nos premiers textos à coups de « Slt sava? », pour pas dépasser le forfait bloqué.

Traîner. Cracher sur les bagnoles depuis la passerelle. Chourer des Heineken au Leader Price, et les siffler sur le toit. Fumer du chichon, mais vite fait, on n'aimait pas ça, ça nous rendait parano.

Avec les parents, ça passait crème. Ceux de Satou m'avaient validée dès le premier jour. Ils étaient trop occupés pour la fliquer, ils avaient trop d'enfants et étaient toujours en train d'héberger un cousin. Ils parlaient le wolof à la maison et croyaient que j'étais une excellente influence, parce que je présentais bien, et que je parlais le français sans accent. Pour eux, qu'on traîne ensemble c'était presque une ascension sociale. En fait, Satou pouvait faire à peu près n'importe quoi du moment qu'elle restait loin des mecs. Pour ça, y avait aucun risque.

Ma mère à moi était complètement à l'ouest. À cette époque elle bossait chez Madrange, à découper des jambons à la chaîne. Je crois que son boulot la rendait ouf, elle faisait les trois-huit et était déphasée en permanence. Elle partait et rentrait à des horaires improbables, faisait des heures sup, se tapait des tendinites à répétition et passait ses jours de repos sur le canapé, à regarder la télé comme un zombie en enquillant des anti-douleurs. Elle me calculait même pas. Ça m'allait très bien.

Pendant toutes ces années, à aucun moment Satou n'a avoué qu'elle me kiffait, que c'était pas sur mes pompes qu'elle avait flashé. Sauf un jour, en 3ème, où elle a failli se griller. On était dans la cour, et y a un mec, Jordan, qui m'a demandé de sortir avec lui. J'ai dit oui, pas parce que j'en avais spécialement envie mais juste pour voir ce que ça fait. Alors il m'a smackée, et là Satou a pété un câble, elle s'est mise à pleurer et s'est barrée en courant. À ce moment-là j'ai compris que pour elle c'était vraiment du sérieux. Parce que Satou, en temps normal, si un truc la fait chier elle règle ça avec les poings ; elle défend son bifteck. Je ne l'avais jamais vue comme ça, toute fragile et suppliante, comme un clébard à qui on a donné un coup de pied. Jordan m'a demandé : « Qu'est-ce qu'elle a, ta pote? Elle a le seum ?

— Le seum de quoi ?

— Bah que personne la kiffe parce que c'est un thon. »

Quand il a dit ça je lui ai mis une baffe et j'ai couru après Satou. Elle traçait de ouf. Le temps que je la rattrape, elle était déjà sur la passerelle, et la vie de ma mère, elle était en train de l'enjamber. Je l'ai chopée à bras-le-corps, je l'ai plaquée par terre, et j'ai gueulé : « Meuf, tu me fais quoi, là ? ».

Elle me regardait avec de ces yeux, on aurait dit que j'avais une machette et qu'elle me suppliait de l'achever. J'ai eu peur qu'elle ait compris que j'avais compris. Alors j'ai dit : « Vas-y, t'es ma pote et tu me lâches alors que je viens de larguer mon keum ? Ça se fait pas, t'es censée être là pour moi. » Elle m'a regardée comme si je venais de lui annoncer qu'elle avait gagné au loto.

Elle a dit, encore un peu méfiante : « D'où tu l'as largué ? Il t'a emballée, j'ai vu. »

J'ai pris mon air le plus détaché et j'ai dit : « Laisse tomber, c'est un cas soc, il embrasse trop mal. »

Après cet épisode j'ai pas mal flippé, parce que si Jordan avait balancé Satou, sa réputation se serait effondrée, ça aurait été chaud pour elle. Mais heureusement, il était tellement teubé qu'il a rien capté.

On a fini le collège sans faire trop d'embrouilles, à part maraver deux-trois meufs qui traitaient Satou de « sac poubelle » ou de « goudron » parce qu'elle est noire. Même entre eux, y a des renois qui se taclent quand y en a qui sont plus clairs que d'autres. Satou elle a jamais tchacho[7], alors ça lui arrivait de se faire traiter de « pétrole » ou de « macaque ». Mais je te garantis que ça durait pas longtemps, ceux qui lui parlaient de Caro Light[8] on les terminait à coups de tatanes.

En seconde, on a été séparées pour la première fois. En cours j'étais une tête, alors je suis

---

7 Pratique consistant à se dépigmenter la peau à l'aide de produits chimiques plus ou moins dangereux
8 Produit éclaircissant bon marché

allée en générale, dans un lycée du centre-ville. Satou n'était pas une quiche non plus, elle aurait largement pu faire S, mais elle voulait absolument rester dans le quartier, ça lui tentait pas de traverser la ville pour aller s'asseoir à côté des Marie-Christine et des Jean-François sur les bancs de Gay-Lu[9]. C'était pas ses racines. Du coup elle est partie en pro, au Mas Jambost, juste derrière chez nous. En *métiers de la mode*, s'te plaît. Sans déconner. Satou dans les fringues ! Moi je savais très bien qu'en vrai elle s'en battait les couilles, elle faisait des efforts pour ressembler à une go mais dans sa tête c'était un keum, elle aurait pu passer sa vie en survêt. Elle se sentait obligée de faire des trucs de meuf pour que personne la détecte. Et ma foi ça marchait, même ses parents n'ont jamais tiqué. Parce que les gens ont de la merde dans les yeux, ils ne veulent rien voir, ou ils ne voient que ce qui les arrange. Ils mettent tout dans des cases de manière à ce que ça ne bouscule pas leur réalité. Et si tu ne rentres pas dans une case, ils s'en foutent, ils t'écrasent.

Je me suis donc tapé trois ans parmi les roumis[10]. Les lycées pro c'est souvent la zone, mais Gay-Lu c'était aussi violent à sa façon. Plus hypocrite, plus insidieuse. Ils considèrent qu'ils t'ont donné la chance de ta vie, donc ils s'at-

---

9 Gay-Lussac, lycée général bien coté à Limoges, ancien collège des Jésuites
10 Les Chrétiens, les Européens

tendent limite à ce que tu te prosternes. T'es toléré, mais à condition de faire le *bon nègre*. Tu dois tout le temps prouver que t'as le droit d'être là. Alors que Jean-François il est chez lui, et même si c'est une bille, personne ne va lui dire d'aller faire carrosserie. J'en ai connu plein, des Jean-François qui ont fait prépa, Science Po ou médecine – pas parce qu'ils étaient bons, et encore moins parce qu'ils avaient une vocation, mais parce que papa-maman étaient du cartel.

Mais en somme, je me démerdais pas trop mal. J'aimais personne, mais je me fritais avec personne non plus. Les trois ans sont passés vite.

Et puis un jour, j'ai eu mon bac.

Début juillet, un vendredi, en plein cagnard. Je suis allée voir les résultats toute seule, en fin de journée, parce que je ne voulais pas croiser les autres gars de ma classe. Déjà je m'étais tapée leur gueule pendant deux ans, trois pour certains qui étaient avec moi depuis la seconde, je ne pouvais plus les blairer. Donc j'y suis allée en mode cool. J'étais pas pressée. Les résultats étaient affichés sur la grille du bahut, et en face de mon nom c'était écrit « ADMIS, mention TB ». La claque ! Je me doutais que j'allais l'avoir, mais une mention « très bien » c'était quand même du lourd. Enfin bon, à mon avis ils avaient remonté les notes pour que toutes les Marie-Christine et les Jean-François aient leur bac, d'ailleurs tout le monde l'avait eu à Gay-Lu cette année-là, même les pires gogols, même ceux qui s'étaient tapé des tôles toute l'année. 100 % de réussite. Ridicule.

Bref, je venais d'apprendre que j'avais le bac. Et c'est là que mon histoire commence.

Première personne à qui je l'ai dit : ma Satou, *obviously*. J'avais essayé d'appeler ma mère mais ça répondait pas, pas moyen de savoir si elle était partie bosser ou si elle était KO sur le canapé avec ses cachets de Tramadol. Satou, elle, a décroché direct : « Alors ma poule ? Alors, alors, alors ?!!

— Évidemment que je l'ai, tu crois quoi ! Par contre, t'sais quoi ? Mention très bien, ma gueule.

— J'en étais sûre, meuf, c'était obligé. T'es la meilleure.

— C'toi, la meilleure. »

— Tu fais quoi, là ?

— Je rentre.

— J'te rejoins chez oit[11]. »

J'ai repris le bus jusqu'à la cité. Satou m'attendait sur le palier. On est allées chez moi, ma mère n'était pas là, alors on a mis *La Boulette* à fond et on a sauté partout en chantant comme des possédées. Mais c'était pas assez comme défouloir, il nous fallait trouver quelque chose pour marquer le coup. C'est pas tous les jours qu'on a le bac, merde ! C'était l'occasion de se lâcher.

---

11 C'est pas une coquille, c'est du verlan.

Alors on a décidé de sortir en ville et de *faire la teuf*, sans trop savoir ce qu'on entendait par là. On n'avait pas vraiment de plan, on s'est dit qu'on allait se bourrer la gueule, et que là y a sûrement l'inspiration qui nous viendrait. On n'avait pas d'idée précise de ce qu'on voulait faire, mais tout ce qu'on savait, c'est que ça allait être un truc de dingues.

On a sorti les jupes et des petits hauts avec de la dentelle. Pour une fois, je ne voulais pas ressembler à une caillera. Satou n'était pas trop à l'aise, mais je lui ai dit que dans les soirées en ville, le survêt ça le faisait pas. Alors on a fourré nos fringues dans nos sacs et on a enfilé un jean et une veste le temps de sortir du quartier. On n'allait pas se balader dans la cité habillées comme des putes, on se serait faites lyncher.

On a chopé le dernier bus pour monter en centre-ville. Il était 20h, on avait les crocs, alors on a tracé au Leader Price de la Mauvendière. On voulait pas qu'on nous voie acheter de la tise dans le quartier, mais au Leader ça passait, personne nous connaissait. Du coup on a chopé des chips, du Coca, une bouteille de Jack, et des gobelets en plastique pour faire les mélanges. On s'est calées au JDO[12], on a bouffé le paquet de chips, et on a commencé à picoler.

On est restées là au moins deux heures, le temps de siffler la moitié de la bouteille. On commençait à être bien bourrées. On a voulu

---

12 Jardin d'Orsay, prononcer « jidéo »

taxer des clopes à des hippies mais ils avaient que des roulées, ces clochards. Ils nous faisaient chier avec leur djembé et leurs balles de jonglage qui n'arrêtaient pas de tomber à côté de nous, alors on s'est changées derrière un buisson, et on est parties à l'aventure.

On a décidé de faire la tournée des bars.

En premier on a fait le Swing, derrière les Halles. Entre la bouffe et la picole on n'avait plus un rond, notre plan c'était de faire des mélanges sous la table. On s'est posées en terrasse pour pas nous faire griller par le barman, mais c'était pas la peine, y a tout de suite un gars qui a voulu nous offrir des verres. Il faut dire qu'on était fraîches, avec nos jupes ras la moule, on voyait nos nichons, surtout ceux de Satou qui étaient gros comme des pastèques. Y avait que les baskets qui faisaient un peu tache, mais bon on avait quand même mis des Gazelle et des Puma, ça faisait pas trop caillera. En talons on n'aurait pas été à l'aise, au cas où il aurait fallu courir ou faire une baston. On sait jamais.

Satou était chaude pour accepter les verres, mais je lui ai donné un coup de pied en mode fais gaffe, je voyais venir l'embrouille, le type allait se poser avec nous et nous coller toute la soirée. Je me disais que si un mec te paye des coups, c'est qu'il va forcément vouloir un truc derrière. Mais pendant qu'il était parti chercher les verres, Satou m'a dit : « T'inquiète, s'il fait le relou on va le calmer, tu vas voir. »

On a pris les verres et on a laissé le mec se poser à côté de nous. Il était correct, au final il a pas cherché la merde. Faut dire qu'on était sur le qui-vive, on baissait pas la garde, et on a insisté pour lui offrir un bouchon de Jack sous la table, histoire de bien lui faire comprendre qu'on voulait pas lui être redevable.

On a remis ça au Duc Étienne, puis on est descendues dans la « rue de la soif ». Là-bas, y a un bar tous les trois mètres, peut-être une quinzaine en tout, et on les a tous enchaînés l'un après l'autre. À chaque fois c'était la même affaire, on se calait en terrasse et à tous les coups y a un mec qui débarquait. On se faisait offrir des pintes, des cocktails, des shooters. Quand même, on voulait pas passer pour des profiteuses, alors à chaque fois on sortait le Jack en loucedé[13], ce qui fait que la bouteille on l'a descendue aussi. À la fin on était complètement raides. On se marrait, on dansait, on parlait à n'importe qui. Mais globalement personne ne nous emmerdait, je crois bien qu'on était tellement ivres qu'on faisait peur aux gens.

En sortant du dernier bar, Satou s'est cassé la gueule. J'ai essayé de la choper, mais j'étais trop faible, ou trop déchirée – en tout cas on s'est vautrées toutes les deux en hurlant de rire. On a roulé-boulé comme des clodos, et à un moment Satou s'est retrouvée au-dessus de moi, à deux centimètres de mon visage. Elle respirait fort, ses

---

13 En douce, discrètement

tresses nous tombaient autour, ça faisait comme un baldaquin qui nous isolait du reste du monde. Je sentais ses seins palpiter tout contre ma poitrine. Son haleine chargée d'alcool. Elle s'est rapprochée, rapprochée ; et juste au moment où ses lèvres allaient toucher les miennes, elle m'a brutalement repoussée et s'est mise à dégueuler sur le trottoir.

En voyant ça, j'ai gerbé moi aussi.

On devait se taper l'affiche de notre vie, mais on n'en avait vraiment rien à foutre, dans l'état où on était on calculait plus personne. Pendant dix minutes, notre unique préoccupation a été de nous vider entièrement les boyaux. Le mélange d'alcools était carrément ignoble, j'avais l'impression de vomir de l'acide de batterie. Mais une fois que ça s'est fini, on s'est senties tout de suite mieux. Il y a une âme charitable qui nous a apporté une bouteille d'eau, on s'est lavé la tronche et bu un coup pour purger tout ça. Voilà, on était de nouveau sur pattes.

On a continué à marcher selon la direction du vent. À un moment, on est passées devant Gay-Lu, et là j'ai eu une idée. J'ai dit à Satou : « Vas-y viens, on pose une pêche devant ce bahut de merde. »

Elle a tchipé. « Tsuiip. C'est trop haut, wesh. »

En effet, devant Gay-Lu il y a une grille d'au moins quatre mètres, avec des barreaux qui se terminent par des pointes, pour bien montrer à la plèbe que personne ne rentre dans le château à moins d'y être expressément convié. En tout cas, sur le coup c'est comme ça qu'on l'a pris. Ça nous a donné encore plus envie d'y aller. Alors on a fait le tour, et j'ai montré à Satou un minuscule passage, coincé entre l'église Saint-Pierre et un mur de Gay-Lu, qui était l'entrée du parking des profs, et qui était fermé par une grille beaucoup moins haute que celle de devant.

Satou m'a regardée avec admiration : « Meuf, t'es trop gangsta. »

C'était trop fastoche à escalader, enfin un peu moins pour Satou avec son gros cul, mais on avait encore pas mal d'alcool dans le sang, ça nous donnait des ailes. On s'est ramenées devant le lycée, et là – hosanna ! – la grande porte n'était même pas fermée. On a pas cherché à comprendre, on est rentrées dans le hall, avec son bois, son marbre, et cette odeur prétentieuse des vieux bahuts bourgeois. Et là je me suis accroupie, j'ai pensé à tout ce qu'on m'avait appris ici, aux gens de ma classe, au prof qui me balançait des craies à la gueule, à ma mère dans les vapes sur son canapé ; j'ai visualisé l'endroit où une meuf de ma classe s'était ouvert les veines à force de se faire harceler par ses « camarades » – et j'ai chié en plein milieu de ce hall, sur le marbre patiné depuis cinq siècles par des semelles de notables en devenir.

On a trouvé ça hilarant. Satou était tellement morte de rire qu'elle a failli se pisser dessus. Je lui ai gueulé : « T'es con, pisse par terre ! », mais elle pouvait pas, l'endroit l'intimidait.

J'ai réalisé qu'il me fallait un truc pour me torcher, et là on s'est rendues compte qu'on n'avait plus nos sacs, avec dedans nos fringues « normales », nos papiers et nos portables. Le seum ! Ça allait être galère pour rentrer. Mais bon la priorité c'était quand même de m'essuyer le cul, donc Satou a fait le tour des couloirs, et elle m'a déniché des prospectus Onisep pour l'orientation. « Que faire après le bac ? »

Je me suis torchée avec.

On s'est barrées en courant. On avait mal au bide à force de se marrer. On s'est posées dans le kiosque place Jourdan pour souffler un peu.

C'est là qu'on l'a rencontré.

C'était un type d'environ vingt-cinq ans, pas très grand, des cheveux blonds mi-longs dans lesquels il n'arrêtait pas de se passer la main, comme si c'était une star. Polo Eden Park, un short saumon, chaussures bateau. Un *pur crème*[14], il lui manquait juste le pull sur les épaules. On l'a vu venir de loin, il marchait en zigzag, ça se voyait qu'il avait entamé la soirée depuis longtemps déjà. Satou m'a donné un coup de coude : « Chouf[15], le babtou qui s'amène. »

Ça n'a pas loupé, il est venu vers nous.

---

14 Façon péjorative de désigner un Blanc
15 Regarde

Il nous a accostées en disant : « Coucou les filles, c'est quoi votre nom ?

J'ai dit : « Marie-Eugénie. »

Satou a dit : « Chantal, ravie de faire votre connaissance. » On se retenait d'exploser de rire.

Il a demandé ce qu'on faisait. J'ai dit : « On fête mon bac. »

Il a dit : « Waouh, félicitations ! Alors comme ça, vous voulez faire la fête ? »

Un peu, mon gars.

Il a dit qu'il s'appelait Louis. Il a dit qu'il était de passage à Limoges, qu'il repartait le lendemain. Il voulait qu'on lui montre la ville.

« Ça dépend, tu veux voir quoi ? »

Quelqu'un lui avait parlé d'une boîte qui avait l'air sympa, ça nous tentait d'y aller ?

« C'est où, ton truc ? »

Il a dit un endroit, on connaissait pas.

Il a dit qu'on prendrait le taxi.

On lui a dit qu'on n'avait plus une tune. Il a rigolé en disant : « Il va de soi que je vous invite ». À l'entendre, c'était nous qui lui rendions service, on allait en quelque sorte lui servir de guide.

On s'est dit pourquoi pas. On n'était encore jamais allées en boîte de nuit, c'était l'occase. Et puis le type n'avait pas l'air méchant. C'était même plutôt un babtou fragile. Et il était tout seul – au cas où, ça faisait deux contre un. On n'a pas cherché plus loin.

Il a appelé un taxi. On s'est calées sur la banquette arrière, on était toutes calmes, à regarder les euros défiler sur le compteur.

Au bout d'un moment, on a capté qu'on était en zone nord. C'est au niveau de l'A20 : un chaos d'usines, de terrains vagues, de concessions automobiles, de motels et de camps de gitans. C'était avant qu'il y ait Family Village, avec ses magasins bien propres. À cette époque, c'était pas vraiment l'endroit pour aller boire un coup le samedi soir, tu vois ce que je veux dire.

Le taxi a ralenti, et on a pris un petit chemin de gravier derrière un entrepôt. Avec les vitres teintées à l'arrière, on voyait que tchi. Et là, juste au moment où on commençait à se demander si c'était pas un plan foireux, et si on ferait pas mieux de mettre les voiles, on est arrivés devant un club, mais alors un vrai palace, on se serait jamais attendues à trouver un truc pareil dans ce coin-là. Des néons, des palmiers, des machins qui clignotent. Devant, que des grosses bagnoles. On s'est un peu détendues.

On a suivi notre gars derrière une énorme porte blindée. Il a payé les entrées, c'était super reuch, genre cent balles. Puis on est enfin entrés dans la boîte. Et là, on a halluciné.

Le premier truc qu'on a vu, c'était une vieille dégueulasse habillée en pute. Elle était assise au bar avec un petit gros qui lui tripotait les cuisses. Elle avait une perruque rose, une mini-robe résille, avec des bottes qui lui montaient au-dessus des genoux. C'était affreux à voir.

On a regardé de plus près, et on a vu que tout le monde là-dedans était pareil. Ils étaient assis en grappes sur les banquettes, et se pelotaient. Les vieilles avaient toutes la même dégaine, pire que les putes du Champ de Juillet[16]. Le pire, c'était celles qui se trémoussaient sur la piste de danse. La moyenne d'âge c'était au moins cinquante piges. C'était comme un dans un film de cul, mais catégorie « granny ».

Y a une vieille peau qui s'est ramenée et qui a voulu nous faire visiter. Elle était brûlée par les UV, et portait un corset qui laissait pendre ses seins tout plats et ridés. C'était vraiment horrible. Elle a embarqué Louis, et on était tellement sous le choc qu'on les a suivis. Surtout, on voulait pas rester parmi ces tarés.

En y regardant de plus près, l'endroit était kitsch à mort. Murs en fausses pierres, un vieux lino, une statue de Bouddha et des tableaux « zen » à deux balles, avec des cailloux et des lotus, comme chez l'esthéticienne. Il y avait des barres de *pole dance*, mais ça se voyait que c'était juste pour la déco, elles étaient trop près du mur. Aucune personne présente n'aurait pu monter dessus de toute façon, il leur aurait plutôt fallu un déambulateur. La musique était pourrave, on se serait cru à une soirée beauf des années 80.

---

16 Quartier notoire de la prostitution à Limoges

Le DJ, c'était sûrement la mari de la « patronne ». Ils ont passé *Life is Life*. La h'chouma[17]...

La vieille carne nous a emmenés dans un couloir où il y avait des cabines, certaines avec un hublot dans la porte, et certaines sans porte du tout. Et dedans – horreur ! – il y avait des gens qui baisaient, le plus naturellement du monde.

Satou a fait : « Ischhh ! »

J'ai dit : « Starfoullah ! »

Sur une large banquette en cuir, un type tringlait une gonzesse en missionnaire. Elle avait l'air d'une secrétaire sur le retour, elle portait même des lunettes. Elle restait allongée sur le dos sans bouger, elle était probablement tellement vieille qu'elle pouvait plus faire grand-chose, à part l'étoile de mer. À côté, une mamie chevauchait un autre gars ; elle paraissait moins décrépite que celle d'à côté, mais son derrière offrait quand même un spectacle affligeant, ses fesses étaient complètement plates et flasques, et l'arrière de ses cuisses ressemblait à un cou de poulet. Elle y allait quand même mollo, son dos sûrement bloqué par l'arthrose ne lui permettait plus trop d'acrobaties.

Debout à côté de la cabine, un vieux croûton était en train de les mater et de s'astiquer. C'était répugnant.

---

17 Terme arabe dont la signification se situe entre la honte et la pudeur.

C'est pas qu'on était contre le sexe, nous ; mais à l'époque on n'y avait encore jamais goûté, et on aurait bien aimé découvrir ça autrement qu'en tombant sur des personnes âgées en train de s'accoupler. Ils n'étaient peut-être pas si vieux que ça, ces gens, d'ailleurs – mais pour nous, à l'époque, tout ce qui avait plus de cinquante ans c'était des grabataires.

La meuf nous a encore montré un sauna, et une piscine intérieure aux lumières tamisées. On s'est pas approchées, on voulait surtout pas voir ce qui se passait dedans. La nana nous a glissé : « Bon, je vous laisse vous amuser, maintenant ! Et n'oubliez pas : ici, tout est permis, rien n'est obligatoire. »

Satou a dit tout bas : « Du coup, on a le droit de lui casser la gueule ? »

On est retournées au bar, avec le tocard qui nous avait entraînées là-dedans. On était tellement vénère qu'on se sentait absolument sobres. Il a dû capter qu'on était pas trop dans l'ambiance, et il nous a offert des verres. C'était super cher, quinze balles le whisky-coca. Ils ne proposaient que ça, ou sinon du rhum-coca, ou de la bière. Des vrais cul-terreux qui se croyaient au summum du raffinement.

Ce qu'on comprenait pas, c'était pourquoi ce petit jeune nous avait ramenées dans ce club du troisième âge ? C'était évident qu'il nous avait baratinées, il connaissait très bien l'endroit, plusieurs clients lui ont fait la bise. Y a quelques vieux qui ont essayé de s'approcher de nous, mais on les a tellement mal regardés qu'ils se sont vite tirés.

Louis n'avait pas l'air content.

« Alors, vous voulez pas vous amuser ?

— Ramène-nous, a dit Satou.

— Comment ça ? Mais on vient d'arriver !

— Tu nous ramènes, ou on te casse la gueule. »

Intérieurement, Satou devait être encore plus en PLS que moi. Pour elle, assister à des relations entre hétéros, c'était comme si moi je voyais des mecs en train de s'enculer. Pas excitant du tout, quoi.

Louis nous a proposé de la coke. On lui a répété la même chose. Il a dit : « Bon, ça va. Vous êtes des princesses, j'ai compris. Finissez vos verres et on y va. »

On est restées au bar en faisant ostensiblement la gueule, le temps de finir les boissons. Louis s'est pris un rail de coke sur le zinc. On entendait des gémissements et des chairs qui claquaient les unes contre les autres, c'était ultra malaisant.

Un homme est entré en tenant en laisse une femme qui marchait à quatre pattes. C'était surréaliste. « Tous ceux qui veulent enculer cette chienne, venez par ici ! » Des vieux ont commencé à se lever avec un murmure d'approbation.

Là, Satou a vidé son verre d'un trait, et a couru vers la sortie en gueulant : « Allé, on se casse, putain ! ». J'ai abandonné le mien sur le comptoir, et je lui ai emboîté le pas. La vieille qui nous avait fait la visite a agité la main dans notre direction en criant : « Revenez vite nous voir, les filles ! Samedi prochain, c'est soirée méchoui et jambon en broche ! » Des bouseux jusqu'au bout.

On a déboulé sur le parking. J'ai failli gerber pour la deuxième fois de la soirée, mais c'était pas dû à l'alcool. Je devais courir pour arriver à suivre Satou. Elle a fait une dizaine de pas d'une démarche rageuse, et soudain elle a trébuché, ralenti, fait encore quelques pas chancelants, et s'est étalée sur le gravier. Je me suis précipitée sur elle : « Oh merde, meuf, qu'est-ce qui t'arrive ? »

Louis est sorti. Il s'est allumé une clope, il avait l'air nerveux. J'ai gueulé : « Aidez-moi, y a ma pote qui se sent mal ! » Il s'est approché sans se presser. Il a dit : « Fallait pas boire autant. »

Tu parles ! Plus tard j'ai compris que c'était pas un pauvre verre qui nous aurait mises dans cet état, que quelqu'un avait sûrement fourré un truc en plus dedans. Mais sur le coup je me suis dit merde c'est vrai, on avait un peu trop forcé quelques heures plus tôt.

Satou a réussi à s'asseoir, elle se requinquait un peu. Elle a dit qu'elle avait la tête qui tournait. Qu'elle avait mal au crâne. Qu'elle sentait plus ses jambes. Louis a fait venir un taxi, on a mis Satou dedans. J'ai donné notre adresse. Le chauffeur était pas très chaud pour y aller, il a marmonné comme quoi il faisait pas ce quartier-là, mais Louis est monté avec nous et lui a glissé un bifton. Il a dit : « Je tiens à raccompagner ces demoiselles, c'est la moindre des choses. » La moindre des choses, ça aurait été qu'il nous fiche la paix, mais à ce moment-là j'avais la flemme de m'embrouiller.

On a repris la route doucement. Le ciel commençait à pâlir ; début juillet les nuits sont courtes, on sentait que le soleil n'était pas loin de l'horizon. On voyait que ça allait être une journée très chaude, sans nuages. Satou a roupillé pendant tout le trajet, sa tête ballottait à droite à gauche, elle gémissait dans sa torpeur. Je me disais que c'était sûrement la gueule de bois.

Quand on est arrivés en bas de chez nous, il faisait déjà quasiment jour. Satou s'est un peu réveillée. Elle arrivait à marcher, je lui ai dit de s'appuyer sur moi et on a claudiqué jusqu'à l'immeuble. Louis a payé le chauffeur et nous a rattrapées, il a dit qu'il voulait s'assurer qu'on arrive bien chez nous. J'ai dit : « Mais t'es ouf, casse-toi, tu vas te faire dépouiller, ici. » Il a protesté, j'ai haussé les épaules, après tout c'était pas mon problème. Et puis Satou faisait quand même son poids, si les ascenseurs étaient en panne un coup de main n'aurait pas été de refus.

Dans ces tours-là, les ascenseurs marchaient quand ils voulaient. Y en avait deux, un pour les étages pairs, l'autre pour les impairs. Très souvent, au moins un des deux était en rade. Fallait pas avoir peur de rester coincé. Ça m'est arrivé plein de fois de grimper au quinzième à pied. Pour les vieux ou les handicapés c'était la galère, certains locataires osaient à peine sortir car ils n'étaient jamais sûrs de pouvoir remonter.

Donc, on est rentrés dans notre hall tout tagué, cramé, et puant la pisse. Moi, si j'étais Louis, rien qu'à voir ça j'aurais mis les voiles. Mais lui visiblement se croyait le maître du monde, invulnérable.

Bingo, l'ascenceur impair était en rade. C'était obligé. J'ai appelé l'autre, tant pis, on allait devoir monter un étage.

On est entrés dans la cabine, elle aussi recouverte de tags, avec des odeurs innommables. J'ai appuyé sur le bouton du quatorzième. Hors de question que Satou débarque chez ses parents, j'allais la planquer chez moi le temps qu'elle décuve.

L'ascenseur a entamé sa montée calamiteuse, avec des grincements pathétiques de câbles et de ferraille. On en avait pour environ deux minutes. J'ai lâché Nafissatouba. Elle s'est calée contre la paroi et a continué sa sieste.

Louis s'est rapproché de moi.
J'ai reculé.

Il s'est encore rapproché, mais il n'y avait plus d'espace pour reculer.

Encore plus près. Il était collé à moi, maintenant. Il était un peu plus grand que moi. Il respirait très fort.

Il a soulevé ma jupe et a plaqué sa main sur mon entrejambe. Ses doigts ont remué désagréablement.

Avec son autre main, en une fraction de seconde il a sorti son machin.

J'étais pétrifiée. En temps normal je lui aurais décoché un coup de pied dans les couilles et j'aurais décampé, mais là on était coincés dans cette cabine pourrie, y avait aucune issue. Si je le frappais, j'avais peur qu'il me mette KO. À deux on l'aurait peut-être maîtrisé, mais Satou était encore dans les vapes, elle dormait debout, elle captait même pas ce qui se passait.

Du coup j'ai rien dit. En vrai, j'avais moins peur de sa bite que de ce que les gens diraient s'ils nous trouvaient dans cet ascenseur avec un mec, bourrées et habillées comme des putes. C'était h'chouma. Ils diraient qu'on l'avait bien cherché.

Il se caressait d'une main, et de l'autre il essayait de s'introduire dans ma culotte. Il a dit : « Allé, écarte un peu. »

Là, j'ai pété un câble. Je l'ai repoussé de toutes mes forces. Rien à foutre, je me sentais prête à le défoncer, même s'il était plus fort que moi. Je voyais rouge.

Il a essayé de se rapprocher à nouveau, mais je devais faire une sale tronche, car il a reculé.

Il a rangé sa bite. J'ai rajusté ma jupe. On a fini la montée dans des coins opposés, en guettant le moindre mouvement réciproque.

On est arrivés au quatorzième, et là en toute logique il aurait dû redescendre sans faire d'histoires, mais il avait décidé de chercher la merde jusqu'au bout. J'ai grimpé le dernier étage jusqu'à mon appart en soutenant ma pote qui était toujours en mode zombie, et ce boloss nous a encore suivies. Il voulait pas lâcher l'affaire. À ce stade, mon seul espoir c'était qu'il en ait marre et qu'il décampe, je voulais pas faire de bruit pour pas ameuter les voisins. Arrivés sur mon palier, il a encore voulu s'incruster, il a essayé de me choper par-derrière pendant que je cherchais mes clés. J'ai dit : « Franchement, dégage. Si tu me touches encore une fois, je m'en bats les couilles, j'te défonce. »

Il a évalué la situation, et a dit : « Ouais ouais, c'est bon, je me casse. Les meufs comme vous, vous méritez qu'on vous donne une bonne leçon. Vous êtes toutes pareilles, vous cherchez un pigeon pour tout vous payer, et après vous vous étonnez. Les entrées, l'alcool, la came. Le taxi. Et en plus vous faites la gueule toute la soirée. Bordel, vous vous prenez pour qui ? Vous êtes même pas belles.

— On t'a rien demandé, connard. Si on avait su, ta boîte de tarés on n'y serait jamais allées. »

J'ai réfléchi un instant : « Attends un peu, on t'a jamais taxé de came ! T'en as mis dans le verre de ma pote, c'est ça ?!! »

Il a ricané. « À plus, *Marie-Eugénie*. »

Il a appuyé sur le bouton de l'ascenceur. J'ai continué à chercher ma clé. J'ai entendu les portières s'ouvrir. Au moment où il allait les franchir, j'ai hurlé : « Non, attends !!! »

Mais il avait déjà basculé dans le vide.

L'ascenseur impair, en panne, était immobilisé au rez-de-chaussée. Une obscure défaillance technique avait permis aux portières de s'ouvrir, alors qu'il n'y avait pas de cabine en face. Louis, dont le rire s'était transformé en hurlement, a effectué une chute de quinze étages dans la cage d'ascenseur.

Avez-vous déjà vu une personne tomber du haut d'un immeuble ? Ça fait un bruit sourd, comme un gros sac rempli de terre. Bizarrement le corps reste entier, ce sont les organes internes qui éclatent, et les membres se mettent à former des angles bizarres. Seule la tête explose comme une pastèque, éclaboussant tout d'une bouillie rosâtre.

Je n'ai pas pu m'empêcher de jeter un œil dans la cage d'ascenseur, le temps que les portières se referment avec indifférence sur ce sinistre spectacle. J'ai aussitôt ouvert mon appart, entraîné Satou dans ma chambre, et nous sommes restées terrées chez moi bien silencieusement pendant que les voisins, alertés par les cris, sortaient sur le palier, appelaient les flics, et se passionnaient pour l'affaire.

Ma mère est rentrée dans l'après-midi, elle venait d'enchaîner deux shifts et elle s'est couchée direct, elle en avait rien à foutre d'un pauvre type tombé dans l'ascenseur. La vie l'avait endurcie. On est restées planquées jusqu'au soir, jusqu'à ce que la mère de Nafissatouba vienne enfin sonner chez nous et demande après sa fille. On a joué les innocentes, genre on a fait une soirée pyjama, on s'est levées super tard, on n'a rien entendu. Elle a pas cherché à comprendre.

Personne n'avait rien vu.

Personne n'avait rien entendu.

Les keufs n'ont même pas été fichus de déterminer de quel étage il était tombé exactement.

Personne ne nous a jamais rien demandé. Pourtant, ça devait pas être difficile de remonter jusqu'au club échangiste. Enfin, on n'allait quand pas leur apprendre à faire leur boulot.

Quelques mois après cet accident, l'Office HLM a lancé des travaux de rénovation dans notre tour. Peinture, façade, nettoyage et tout.

Ils ont refait les ascenseurs. Depuis, ils sont plus jamais tombés en panne.

Violette Morris & Josephine Baker
Source : Wikimedia Commons

Table des matières

Playlist..7
Manon...9
J'adore..33
Un métier comme un autre............................57
En Terrasse...87
Home Office...103
ZUP..116